汪曾祺
作 品

梁由之主编

汪曾祺京味作品集

|去年属马|

| 汪曾祺 著

上海三联书店

目 录

序

京味和京派是两回事，两个不同的概念。京派是一个松散的群体，并没有共同的纲领性的宣言。但一提京派，大家有一种比较模糊的共识，就是这样一群作家有其近似的追求，都比较注重作品的思想，都有一点人道主义。而被称或自称"京味"的作家则比较缺乏思想，缺少人道主义。

我算是"京味"作家么？

《天鹅之死》把天鹅和跳"天鹅之死"的芭蕾演员两条线交错进行，这是现代派的写法。这不像"京味"。《窥浴》是一首现代抒情诗。就是大体上是现实主义的小说《八月骄阳》，里面也有这样的词句：

粉蝶儿、黄蝴蝶乱飞。忽上，忽下。忽起，忽落。黄蝴蝶，白蝴蝶。白蝴蝶，黄蝴蝶……

用蝴蝶的纷飞上下写老舍的起伏不定的思绪，这大概可以说是"意象现实主义"。

我这样做是有意的。

我对现代主义比对"京味"要重视得多。因为现代主义是现代的，而一味追求京味，就会导致陈旧，导致油腔滑调，导致对生活的不严肃，导致玩世不恭。一味只追求京味，就会使作家失去对生活的沉重感和潜藏的悲愤。

本集有不少篇是写京剧界的人和事的。京剧界是北京特有的一个社会。京剧界自称为"梨园行""内行"，而将京剧界以外的都称为"外行"。有说了儿媳妇的，有老亲问起姑娘家是干什么的，老太太往往说："是外行。"这里的"外行"不是说不懂艺术，只是说是梨园行以外的人家，并无褒贬之意。梨园行内的人，大都沾亲带故，三叔二大爷，都论得上。他们有特殊的风俗，特殊的语言。如称票友为"丸子"，说玩笑开过分了叫"前了"……"梨园行"自然也和别的行一样，鱼龙混杂，贤愚不等。有姜妙香那样的姜圣人，肖老（长华）那样乐于助人而自奉甚薄的好人，有"好角儿"，也有"苦哈哈""底帑子"。从俯视的角度看来，梨园行的文化素质大都不高。这样低俗的文化素质是怎样形成的？如"讲用"里的郝有才、"去年属马"里的夏构丕，他们是那样可笑，又那样的可悲悯，这应该由谁负责？由谁来医治？

梨园行是北京的一个重要的组成部分。可以说没有梨园行就没有北京，也就没有"京味"。我希望写京味文学的作家能写写梨园行。但是要探索他们的精神世界，不要只是写一点悲欢离合的故事。希望能出一两个写梨园行的狄更斯。

本书还收了一个京剧剧本《裘盛戎》，因为这写的是北京的事，而且多数人物身上有北京的味儿。这似乎有点不合体例。

一九九七年二月十三日

去年属马

小
说

天鹅之死

"阿姨，都白天了，怎么还有月亮呀？"

"阿姨，月亮是白色的，跟云的颜色一样。"

"阿姨，天真蓝呀。"

"蓝色的天，白色的月亮，月亮里有蓝色的云，真好看呀！"

"真好看！"

"阿姨，树叶都落光了。树是紫色的。树干是紫色的。树枝也是紫色的。树上的风也是紫色的。真好看！"

"真好看！"

"阿姨，你好看！"

"我从前好看。"

"不！你现在也好看。你的眼睛好看。你的脖子，你的肩，你的腰，你的手，都好看。你的腿好看。你的腿多长呀。阿姨，我们爱你！"

"小朋友，我也爱你们！"

"阿姨，你的腿这两天疼了吗？"

"没有，要上坡了，小朋友，小心！"

"哦，看见玉渊潭了！"

"玉渊潭的水真清呀！"

"阿姨，那是什么？雪白雪白的，像花一样的发亮，一，二，三，四。"

白蕤从心里发出一声惊呼：

"是天鹅！"

"是天鹅？"

"冬泳的叔叔，那是天鹅吗？"

"是的，小朋友。"

"它们是怎么来的？"

"它们是自己飞来的。"

"它们从哪儿飞来？"

"从很远很远的北方。"

"是吗？——欢迎你，白天鹅！"

"欢迎你到我们这儿来作客！"

天鹅在天上飞翔，

去寻找温暖的地方。

飞过了大兴安岭，

雪压的落叶松的密林里，闪动着鄂温克族狩猎队篝火的红光。

白蕤去看乌兰诺娃，去看天鹅。

大提琴的柔风托起了乌兰诺娃的双臂，钢琴的露珠从她的指尖流出。

她的柔弱的双臂伏下了。

又轻轻地挣扎着，抬起了脖颈。

钢琴流尽了最后的露滴，再也没有声音了。

天鹅死了。

白蕤像是在一个梦里。

她的眼睛里都是泪水。

她的眼泪流进了她的梦。

天鹅在天上飞翔，去寻找温暖的地方。

飞过了呼伦贝尔草原，

草原一片白茫茫。

圈儿河依恋着家乡，

它流去又回头。

在雪白的草原上，

画出了一个又一个铁青色的圆圈。

白蕤考进了芭蕾舞校。经过刻苦的训练，她的全身都变成了音乐。

她跳《天鹅之死》。

大提琴和钢琴的旋律吹动着她的肢体，她的手指和足尖都在想象。

天鹅在天上飞翔，

去寻找温暖的地方。

某某去看了芭蕾。

他用猥亵的声音说：

"这他妈的小妞儿！那胸脯，那小腰，那么好看的大腿！……"

他满嘴喷着酒气。

他做了一个淫荡的梦。

天鹅在天上飞翔，
去寻找温暖的地方。

"文化大革命。"中国的森林起了火了。
白蕤被打成了现行反革命。因为她说：
"《天鹅之死》就是美！乌兰诺娃就是美。"

天鹅在天上飞翔。
某某成了"工宣队员"。他每天晚上都想出一种折磨演员
的花样。
他叫她们背着床板在大街上跑步。
他叫她们做折损骨骼的苦工。
他命令白蕤跳《天鹅之死》。
"你不是说《天鹅之死》就是美吗？你给我跳，跳一夜！"
录音机放出了音乐。音乐使她忘记了眼前的一切。她快乐。
她跳《天鹅之死》。
她看看某某，发现他的下牙突出在上牙之外。北京人管这
种长相叫"地包天"。
她跳《天鹅之死》。
她羞耻。
她跳《天鹅之死》。
她愤怒。
她跳《天鹅之死》。
她摔倒了。

她跳《天鹅之死》。

天鹅在天上飞翔，
去寻找温暖的地方。

飞过太阳岛，
飞过松花江。
飞过华北平原，
越冬的麦粒在松软的泥土里睡得正香。
经过长途飞行，天鹅的体重减轻了，但是翅膀上增添了
力量。

天鹅在天上飞翔，
在天上飞翔，
玉渊潭在月光下发亮。
"这儿真好呀！这儿的水不冻，这儿暖和，咱们就在这儿
过冬，好吗？"
四只天鹅翩然落在玉渊潭上。

白蒹转业了。她当了保育员。她还是那样美，只是因为左
腿曾经骨折，每到阴天下雨，就隐隐发痛。
自从玉渊潭来了天鹅，她隔两三天就带着孩子们去看一次。
孩子们对天鹅说：
"天鹅天鹅你真美！"
"天鹅天鹅我爱你！"
"天鹅天鹅真好看，"

“我们和你来做伴！”

甲、乙两青年，带了一只猎枪，偷偷走近玉渊潭。

天已经黑了。

一声枪响，一只天鹅毙命。其余的三只，惊恐万状，一夜哀鸣。

被打死的天鹅的伴侣第二天一天不鸣不食。

傍晚七点钟时还看见它。

半夜里，它飞走了。

白蕤看着报纸，她的眼前浮现出一张"地包天"的脸。

“阿姨，咱们去看天鹅。”

“今天不去了，今天风大，要感冒的。”

“不嘛！去！”

“天鹅还在吗？”

在！

在那儿，在靠近南岸的水面上。

“天鹅天鹅你害怕吗？”

“天鹅天鹅你别怕！”

湖岸上有好多人来看天鹅。

他们在议论。

“这个家伙，这么好看的东西，你打它干什么？”

“想吃天鹅肉。”

“想吃天鹅肉。”

“都是这场'文化大革命'闹的！把一些人变坏了，变得心狠了！不知爱惜美好的东西了！"

有人说，那一只也活不成。天鹅是非常恩爱的。死了一只，那一只就寻找一片结实的冰面，从高高的空中摔下来，把自己的胸脯在坚冰上撞碎。

孩子们听着大人的议论，他们好像是懂了，又像是没有懂。他们对着湖面呼喊：

"天鹅天鹅你在哪儿？"

"天鹅天鹅你快回来！"

孩子们的眼睛里有泪。

他们的眼睛发光，像钻石。

他们的眼泪飞到天上。变成了天上的星。

一九八〇年十二月二十九日清晨

一九八七年六月七日校，泪不能禁

云致秋行状

云致秋是个乐天派，凡事看得开，生死荣辱都不太往心里去，要不他活不到他那个岁数。

我认识致秋时，他差不多已经死过一次。肺病。很严重了。医院通知了剧团，剧团的办公室主任上他家给他送了一百块钱。云致秋明白啦：这是让我想叫点什么吃点什么呀！——吃！涮牛肉，一天涮二斤。那阵牛肉便宜，也好买。卖牛肉的和致秋是老街坊，"发孩"，又是个戏迷，致秋常给他找票看戏。他知道致秋得的这个病，就每天给他留二斤嫩的，切得跟纸片儿似的，拿荷叶包着，等着致秋来拿。致秋把一百块钱牛肉涮完了，上医院一检查，你猜怎么着：好啦！大夫直纳闷：这是怎么回事呢？致秋说："我的火炉子好！"他说的"火炉子"指的是消化器官。当然他的病也不完全是涮牛肉涮好了的，组织上还让他上小汤山疗养了一阵。致秋说："还是共产党好啊！要不，就凭我，一个唱戏的，上小汤山，疗养——姥姥！"肺病是好了，但是肺活量小了。他说："我这肺里好些地方都是死膛儿，存不了多少气！"上一趟四楼，到了二楼，他总得停下来，摆摆手，意思是告诉和他一起走的人先走，他缓一缓，一会儿就来。就是这样，他还照样到楼梓庄参加劳动，到番字牌搞四清，上井冈山去体验生活，什么也没有落下。

除了肺不好，他还有个"犯肝阳"的毛病。"肝阳"一上来，两眼一黑，什么都看不见了。他从口袋里摸出一个干辣椒（他口袋里随时都带几个干辣椒）放到嘴里嚼嚼，闭闭眼，一会儿就好了。他说他平时不吃辣，"肝阳"一犯，多辣的辣椒嚼起来也不辣。这病我没听说过，不知是一种什么怪病。说来就来，一会儿又没事了。原来在起草一个什么材料，戴上花镜接茬儿下笔千言离题万里地写下去；原来在给人拉胡琴说戏，把合上的弓子抽开，定定弦，接茬儿说；原来在聊天，接茬儿往下聊。海聊穷逗，谈笑风生，一点不像刚刚犯过病。

致秋家贫，少孤。他家原先开一个小杂货铺，不是唱戏的，是外行。——梨园行把本行以外的人和人家都称为"外行"。"外行"就是不是唱戏的，并无褒贬之意。谁家说了一门亲事，俩老太太遇见了，聊起来。一个问"姑娘家里是干什么的？"另一个回答是干嘛干嘛的，完了还得找补一句："是外行。"为什么要找补一句呢？因为梨园行的嫁娶，大都在本行之内选择。门当户对，知根知底。因此剧团的演员大都沾点亲，"论"得上，"私底下"都按亲戚辈分称呼。这自然会影响到剧团内部人跟人的关系。剧团领导曾召开大会反对过这种习气，但是到了还是没有改过来。

致秋上过学，读到初中，还在青年会学了两年英文。他文笔通顺，字也写得很清秀，而且写得很快。照戏班里的说法是写得很"溜"。他有一桩本事，听报告的时候能把报告人讲的话一字不落地记下来。他曾在邮局当过一年练习生，后来才改了学戏。因此他和一般出身于梨园世家的演员有些不同，有点"书卷气"。

原先在致兴成科班。致兴成散了，他拜了于连萱。于先生原先也是"好角"，后来塌了中[1]，就不再登台，在家教戏为生。

那阵拜师学戏，有三种。一种是按月致送束脩的。先生按时到学生家去，或隔日一次，或一个月去个十来次。一种本来已经坐了科，能唱了，拜师是图个名，借先生一点"仙气"，到哪儿搭班，一说是谁谁谁的徒弟，"那没错！"台上台下都有个照应。这就说不上固定报酬了，只是三节两寿——五月节，八月节，年下，师父、师娘生日，送一笔礼。另一种，是"写"给先生的。拜师时立了字据。教戏期间，分文不取。学成之后，给先生效几年力。搭了班，唱戏了，头天晚上开了戏份——那阵都是当天开份，戏没有打住，后台管事都把各人的戏份封好了，第二天，原封交给先生。先生留下若干，下剩的给学生。也有的时候，班里为了照顾学生，会单开一个"小份"另外封一封，这就不必交先生了。先生教这样的学生，是实授的，真教给东西。这种学生叫作"把手"的徒弟。师徒之间，情义很深。学生在先生家早晚出入，如一家人。

云致秋很聪明，摹仿能力很强，他又有文化，能抄本子，这比口传心授自然学得快得多，于先生很喜欢他。没学几年，就搭班了。他是学"二旦"的，但是他能唱青衣，——一般二旦都只会花旦戏，而且文的武的都能来，《得意缘》的郎霞玉，《银空山》的代战公主，都行。《四郎探母》，他的太后。——那阵班里派戏，都有规矩。比如《探母》，班里的旦角，除了铁镜公主，下来便是萧太后，再下来是四夫人，再下来才是八

[1] 中年嗓子失音，谓之"塌中"。

姐、九妹。谁来什么，都有一定。所开戏份，自有差别。致秋唱了几年戏，不管搭什么班，只要唱《探母》，太后都是他的。

致秋有一条好嗓子。据说年轻时扮相不错，——我有点怀疑。他是一副窄长脸，眼睛不大，鼻子挺长，鼻子尖还有点翘。我认识他时，他已经是干部，除了主演特忙或领导上安排布置，他不再粉墨登场了。我一共看过他两出戏：《得意缘》和《探母》。他那很多地方是死膛肺里的氧气实在不够使，我看他扮着郎霞玉，拿着大枪在台上一通折腾，不停地呼嗤呼嗤喘气，真够他一呛！不过他还是把一出《得意缘》唱下来了。《探母》那回是"大合作"，在京的有名的须生、青衣都参加了，在中山公园音乐堂。那么多的"好角"，可是他的萧太后还真能压得住，一出场就来个碰头好。观众也有点起哄。一来，他确实有个太后的气派，"身上"，穿着花盆底那两步走，都是样儿；再则，他那扮相实在太绝了。京剧演员扮戏，早就改了用油彩。梅兰芳、程砚秋、尚小云，后来都是用油彩。他可还是用粉彩，鹅蛋粉、胭脂，眉毛描得笔直，樱桃小口一点红，活脱是一幅"同光十三绝"，俨然陈德霖再世。

云致秋到底为什么要用粉彩化妆，这是出于一种什么心理，我一直没有捉摸透。问他，他说："粉彩好看！油彩哪有粉彩精神呀！"这是真话么？还是标新（旧）立异？玩世不恭？都不太像。致秋说："粉彩怎么啦，公安局管吗？"公安局不管，领导上不提意见，就许他用粉彩扮戏。致秋是个凡事从众随俗的人，有的时候，在无害于人、无损于事的情况下，也应该容许他发一点小小的狂。这会使他得到一点快乐，一点满足："这就是我——云致秋！"

致秋有个习惯，说着说着话，会忽然把眉毛、眼睛、鼻子

"纵"在一起，嘴唇紧闭；然后又用力把嘴张开，把眼睛鼻子挣回原处。这是用粉彩落下的毛病。小时在科班里，化妆，哪儿给你准备蜜呀，用一大块冰糖，拿开水一沏，师父给你抹一脸冰糖水，就往上扑粉。冰糖水干了，脸上绷得难受，老想活动活动肌肉，好松快些，久而久之，成了习惯，几十年也改不了。看惯了，不觉得。生人见面，一定很奇怪。我曾跟致秋说过："你当不了外交部长！——接见外宾，正说着世界大事，你来这么一下，那怎么行？"致秋说："对对对，我当不了外交部长！——我会当外交部长吗？"

　　致秋一辈子走南闯北，跑了不少码头，搭过不少班，"傍"过不少名角。他给金少山、叶盛章、唐韵笙都挎过刀 [1]。他会的戏多，见过的也多，记性又好，甭管是谁家的私房秘本，什么四大名旦，哪叫麒派、马派，什么戏缺人，他都来顶一角，而且不用对戏，拿起来就唱。他很有戏德，在台上保管能把主角傍得严严实实，不洒汤，不漏水，叫你唱得舒舒服服。该你得好的地方，他事前给你垫足了，主角略微一使劲，"好儿"就下来了；主角今天嗓音有点失润，他也能想法帮你"遮"过去，不特别"卯上"，存心"啃"你一下。临时有个演员，或是病了，或是家里出了点事，上不去，戏都开了。后台管理急得乱转："云老板，您来一个！""救场如救火"，甭管什么大小角色，致秋二话不说，包上头就扮戏。他好说话。后台嘱咐"马前"，他就可以掐掉几句；"马后"，他能在台上多"绷"一会儿。有一次唱《桑园会》，老生误了场，他的罗敷，愣在台上多唱出四句大慢板！——临时旋编词儿。一边唱，一边想，唱了上句，想下句，打鼓佬和拉胡琴的直纳闷：他怎还唱呀！下来了，

_____

[1] 当主要配角，叫作"挎刀"。

问他："您这是哪一派？"——"云派！"他聪明，脑子快，能"钻锅"，没唱过的戏，说说，就上去了，还保管不会出错。他台下人缘也好。从来不"拿糖""吊腰子"。为了戏份、包银不合适，临时把戏"砍"下啦，这种事他从来没干过。戏班里的事，也挺复杂，三叔二大爷，师兄，师弟，你厚啦，我薄啦，你鼓啦，我瘪啦，仨一群，俩一伙，你踩和我，我挤兑你，又合啦，又"咧"啦……经常闹纷纷。常言说："宁带千军，不带一班。"这种事，致秋从来不往里掺和。戏班里流传两句"名贤集"式的处世格言，一是"小心干活，大胆拿钱"，一是"不多说，不少道"，致秋是身体力行的。他爱说，但都是海聊穷逗，从不钩心斗角，播弄是非。因此，从南到北，都愿意用他，来约的人不少，他在家赋闲当"散仙"的时候不多。

他给言菊朋挂过二牌，有时在头里唱一出，也有时陪着言菊朋唱唱《汾河湾》一类的"对儿戏"。这大概是云致秋的艺术生涯登峰造极的时候了。

我曾问过致秋："你为什么不自己挑班？"致秋说："有人撺掇过我。我也想过。不成，我就这半碗。唱二路，我有富裕；挑大梁，我不够。不要小鸡吃绿豆，强努。挑班，来钱多，事儿还多哪。挑班，约人，处好了，火炉子，热烘烘的；处不好，'虱子皮袄'，还得穿它，又咬得慌。还得到处请客、应酬、拜门子，我淘不了这份神。这样多好，我一个唱二旦的，不招风，不惹事。黄金荣、杜月笙、袁良、日本宪兵队，都找寻不到我头上。得，有碗醋卤面吃就行啦！"

致秋在外码头搭班唱戏了，所得包银，就归自己了。不过到哪儿，回北京，总得给于先生带回点什么。于先生病故，他出钱买了口好棺材，披麻戴孝，致礼尽哀。

攒了点钱，成了家。媳妇相貌平常，但是性情温厚，待致秋很好，净变法子给他做点好吃的，好让他的"火炉子"烧得旺旺的。

跟云致秋在一起，待一天，你也不会闷得慌。他爱聊天，也会聊。他的聊天没有什么目的。聊天还有什么目的？——有。有人爱聊，是在显示他的多知多懂。剧团有一位就是这样，他聊完了一段，往往要来这么几句："这种事你们哪知道啊！爷们，学着点吧！"致秋的爱聊，只是反映出他对生活，对人，充满了近于童心的兴趣。致秋聊天，极少臧否人物。"闲谈莫论人非"，他从不发人阴私，传播别人一点不大见得人的秘闻，以博大家一笑。有时说到某人某事，也会发一点善意的嘲笑，但都很有分寸，绝不流于挖苦刻薄。他的嘴不损。他的语言很生动，但不装腔作势，故弄玄虚。有些话说得很逗，但不是"膈肢"人，不"贫"。他走南闯北，知道的事情很多，而且每个细节都记得非常清楚，——这真是一种少有的才能，一个小说家必备的才能！这事发生在哪一年，那年洋面多少钱一袋；是樱桃、桑葚下来的时候，还是韭花开的时候，一点错不了。我写过一个关于裘盛戎的剧本，把初稿送给他看过，为了核对一些事实，主要是盛戎到底跟杨小楼合唱过《阳平关》没有。他那时正在生病，给我写了一个字条：

"盛戎和杨老板合演《阳平关》实有其事。那是一九三五年，盛戎二十，我十七。在华乐。那天杨老板的三出。头里一出是朱琴心的《采花赶府》（我的丫鬟）。盛戎那时就有观众。一个引子满堂好。……"

这大概是致秋留在我这里的唯一的一张"遗墨"了。头些日子我翻出来看过，不胜感激。

致秋是北京解放后戏曲界第一批入党的党员。在第一届戏曲演员讲习会的时候就入党了。他在讲习会表现好，他有文化，接受新事物快。许多闻所未闻的革命道理，他听来很新鲜，但是立刻就明白了，"是这么个理儿！"许多老艺人对"猴变人"，怎么也想不通，在学习"谁养活谁"时，很多底包演员一死儿认定了是"角儿"养活了底包。他就掰开揉碎地给他们讲，他成了一个实际上的学习辅导员，——虽然讲了半天，很多老艺人还是似通不通。解放，对于云致秋，真正是一次解放，他的翻身感是很强烈的。唱戏的不再是"唱戏低"了，不是下九流了。他一辈子傍角儿。他和挑班的角儿关系处得不错，但他毕竟是个唱二旦的，不能和角儿平起平坐。"是龙有性"，角儿都有角儿的脾气。角儿今天脸色不好，全班都像顶着个雷。入了党，致秋觉得精神上长了一块，打心眼儿里痛快。"从今往后，我不再傍角儿！我傍领导！傍组织！"

他回剧团办过扫盲班。这个"盲"真不好扫呀。

舞台工作队有个跟包打杂的，名叫赵旺。他本叫赵旺财。《荷珠配》里有个家人，叫赵旺，专门伺候员外吃饭。员外后来穷了，还是一来就叫"赵旺！——我要吃饭了"。"赵旺"和"吃饭"变成了同义词。剧团有时会快到中午了，有人就提出："咱们该赵旺了吧！"这就是说：该吃饭了。大家就把赵旺财的财字省了，上上下下都叫他赵旺。赵旺出身很苦（他是个流浪孤儿，连自己的出生年月都不知道），又是"工人阶级"，"文化大革命"中就成了几个战斗组争相罗致的招牌，响当当的造反派。

就是这位赵旺老兄，曾经上过扫盲班。那时扫盲没有新课本。还是沿用"人手足刀尺"。云致秋在黑板上写了个"足"字，叫赵旺读。赵旺对着它相了半天面。旁边有个演员把脚伸出来，提醒他。赵旺读出来了："鞋！"云致秋摇摇头。那位把鞋脱了，赵旺又读出来了："哦，袜子！"云致秋又摇摇头。那位把袜子也脱了，赵旺大声地读了出来："脚巴丫子！"

（云致秋想：你真行！一个字会读成四个字！）

扫盲班结束了，除了赵旺，其余的大都认识了不少字，后来大都能看《北京晚报》了。

后来，又办了一期学员班。

学员班只有三个人是脱产的，都是从演员里抽出来的，一个贾世荣，是唱里子老生的，一个云致秋，算是正副主任。还有一个看功的老师马四喜。

马四喜原是唱武花脸的，台上不是样儿，看功却有经验。他父亲就是在科班里抄功的。他有几个特点。一是抽关东烟，闻鼻烟，绝对不抽纸烟。二是肚子里很宽，能读"三列国"，《永庆升平》，《三侠剑》，倒背如流。另一个特点是讲话爱用成语，又把成语的最后一个字甚至几个字"歇"掉。他在学员练功前总要讲几句话：

"同志们，你们可都是含苞待，大家都有锦绣前！这练功，一定要硬砍实，可不能偷工减！现在要是少壮不，将来可就要老大徒啦！踢腿！——走！"

贾世荣是个慢性子，什么都慢。台上一场戏，他一上去，总要比别人长出三五分钟。他说话又喜欢咬文嚼字，引经据典。所据经典，都是戏。他跟一个学员谈话，告诫他不要骄傲："可记得关云长败走麦城之故耳？……"下面就讲开了《走麦城》。从科班到戏班，除此以外，他哪儿也没去过。不知道谁的主意，学员班要军事化。他带操，"立正！报数！齐步走！"这都不错。队伍走到墙根了，他不叫"左转弯走"或"右转弯走"，也不知道叫"立定"，一下子慌了，就大声叫"吁……！"云致秋和马四喜也跟在队后面走。马四喜炸了："怎么碴！把我们全当成牲口啦！"

贾世荣和马四喜各执其实，不负全面责任，学员班的一切行政事务，全面由云致秋一个人操持。借房子，招生，考试，政审，请教员。谁的五音不全，谁的上下身不合。谁正在倒仓，能倒过来不能。谁的半月板扭伤了，谁撕裂了韧带，请大夫，上医院。男生干架，女生斗嘴……事无巨细，都得要管。每天还要说戏。凡是小嗓的，他全包了，青衣、花旦、刀马，唱做念打，手眼身法步，一招一式地教。

学员班结业，举行了汇报演出。剧团的负责人，主要演员都到场看了，——一半是冲着云致秋的面子去的。"咱们捧捧致秋！办个学员班，不易！"——"捧捧！"党委书记讲话，说学员班办得很有成绩，为剧团输送了新的血液。实际上是输送了一些"院子过道"、宫女丫鬟。真能唱一出的，没有两个。当初办学员班，目的就在招"院子过道"、宫女丫鬟，没打算让他们唱一出。这一期学员，后来在"文化大革命"中可没少热闹。

致秋后来又当了一任排练科长。排练科是剧团最敏感的部门，演员们说，剧团只有两件事是"过真格"的。一是"拿顶"。"拿顶"就是领工资，——剧团叫"开支"。过去领工资不兴签字，都要盖戳。戳子都是字朝下，如拿顶，故名"戳子拿顶"。一简化，就光剩下"拿顶"了。"嗨，快去，拿顶来！"另一件，是排戏。一个演员接连排出几出戏，观众认可了，嗻嗻嗻，就许能红了。几年不演戏，本来有两下子的，就许窝了回去。

给谁排啦，不给谁排啦；派谁什么角色啦，讨俏不讨俏，费力不费力，广告上登不登，戏单上有没有名字……剧团到处喊喊喳喳，交头接耳，咬牙跺脚，两眼发直，整天就是这些事儿。排练科长，官不大，权不小。权这个东西是个古怪东西，人手里有它，就要变人性。说话调门儿也高啦，用的字眼儿也不同啦，神气也变啦。谁跟我不错，"好，有在那里！"谁得罪过我，"小子，你等着吧，只要我当一天科长，你就甭打算痛快！"因此，两任排练科长，没有不招恨的。有人甚至在死后还挨骂："×××，真他妈不是个东西！"云致秋当了两年排练科长，风平浪静。他排出来的戏码，定下的"人位"（戏班把派角色叫作"定人位"），一碗水端平，谁也挑不出什么来。有人给他家装了一条好烟，提了两瓶酒，几斤苹果，致秋一概婉词拒绝："哥们！咱们不兴这个！我要不想抽您那条大中华，喝您那两瓶西凤，我是孙子！可我现在在这个位置上，不能让人戳我的脊梁骨。您拿回去！咱们天知地知，你知我知，就当没有这回事！"

后来致秋调任了办公室副主任，——主任是贾世荣。

他这个副主任没地儿办公。办公室里会计、出纳、总务、打字员，还有贾主任独据一张演《林则徐》时候特制的维多利亚时代硬木雕花的大写字台（剧团很多家具都是舞台上撤下来的大道具），都满了。党委办公室还有一张空桌子，"得咪，我就这儿就乎就乎吧！"我们很欢迎他来，他来了热闹。他不把我们看成"外行"，对于从老解放区来的，部队下来的，老郭、老吴、小冯、小梁，还有像我这样的"秀才"，天生来有一种好感。我们很谈得来。他事实上成了党委会的一名秘书。党委和办公室的工作原也不大划得清。在党委会工作的几个人，没有十分明确的分工。有了事，大家一齐动手；没事，也可以瞎聊。致秋给自己的工作概括成为四句话：跑跑颠颠，上传下达，送往迎来，喜庆堂会。

党委会经常要派人出去开会。有的会，谁也不愿去。就说："嗨，致秋，你去吧！""好，我去！"市里或区里布置春季卫生运动大检查、植树、"交通安全宣传周"，以及参加刑事杀人犯公审（公审后立即枪决）……这都是他的事。回来，传达。他的笔记记得非常详细，有闻必录，让他念念笔记，他开始念了："张主任主持会议。张主任说：'老王，你的糖尿病好了一点没有？'……"问他会议的主要精神是什么，什么是张主任讲话的要点，答曰："不知道。"他经常起草一些向上面汇报的材料，翻翻笔记本，摊开横格纸就写，一写就是十来张。写到后来，写不下去了，就叫我："老汪，你给我瞧瞧，我这写的是什么呀？"我一看：逦逦拉拉，噜苏重复，不知所云。他写东西还有个特点，不分段，从第一个字到末一个句号，一气到底，一大篇！经常得由我给他"归置归置"，重新整理一遍。他看了说："行！你真有两下。"我说："你写之前得先想想，想清楚再写呀。李笠翁说，要袖手于前，才能疾书于后哪！"——"对对对！我这是疾书于前，袖手于后！写到后来，没了辙了！"

他的主要任务，实际是两件。一是做上层演员的统战工作。剧团的党委书记曾有一句名言：剧团的工作，只要把几大头牌的工作做好，就算搞好了一半（这句话不能算是全无道理，可是在"文化大革命"中成为群众演员最为痛恨的一条罪状）。云致秋就是搞这种工作的工具。另一件，是搞保卫工作。

致秋经常出入于头牌之门，所要解决的都是些难题。主要演员彼此常为一些事情争，争剧场（谁都愿上工人俱乐部、长安、吉祥，谁也不愿去海淀，去圆恩寺……），争日子口（争节假日，争星期六、星期天），争配角，争胡琴，争打鼓的。致秋得去说服其中的一个顾全大局，让一让。最近"业务"不好，希望哪位头牌把本来预订的"歇工戏"改成重头戏；为了提拔后进，要请哪位头牌"捧捧"一个青年演员，跟她合唱一出"对儿戏"；领导上决定，让哪几个青年演员"拜"哪几位头牌，希望头牌能"收"他们……这些等等，都得致秋去说。致秋的工作方法是进门先不说正事，三叔二舅地叫一气，插科打诨，嘻嘻哈哈，然后才说："我今儿来，一来是瞧瞧您，再，还有这么档事……"他还有一个偏方，是走内线。不找团长（头牌都是团长、副团长），却找"团太"。——这是戏班里兴出来的特殊称呼，管团长的太太叫"团太"。团太知道他无事不登三宝殿，有时绷着脸："三婶今儿不高兴，给三婶学一个！"致秋有一手绝活：学人。甭管是台上、台下，几个动作，神情毕肖。凡熟悉梨园行的，一看就知道是谁。他经常学的是四大须生出场报名，四人的台步各有特色，音色各异，对比鲜明。"漾（杨）抱（宝）森"（声音浑厚，有气无力）；"谭富（音）英"（又高又急又快，"英"字抵腭不穿鼻，读成"鬼音"）；"奚啸伯"（嗓音很细，"奚""啸"皆读尖子，"伯"字读为入声）；"马——连——良呃！"（吊儿郎当，满不在乎）。逗得三婶哈哈一乐："什么事？说吧！"致秋把事情一说。"就这么点事儿呀？嘻！没什么大不了的！行了，等老头子回来，我跟他说说！"事情就算办成了。

　　党委会的同志对他这种做法很有意见。有时小冯或小梁跟他一同去，出了门就跟他发作："云致秋！你这是干什么！——

小丑！"——"是小丑！咱们不是为把这点事办圆全了吗？这是党委交给我的任务，我有什么办法？你当我愿意哪！"

云致秋上班有两个专用的包。一个是普通双梁人造革黑提包，一个是带拉链、有一把小锁的公文包。他一出门，只要看他的自行车把上挂的是什么包，就知道大概是上哪里去。如果是双梁提包，就不外是到区里去，到文化局或是市委宣传部去。如果是拉锁公文包，就一定是到公安局去。大家还知道公文包里有一个蓝色的笔记本。这笔记本是编了号的，并且每一页都用打号机打了页码。这里记的都是有关治安保卫的材料。材料有的是公安局传达的，有的是他向公安局汇报的。这些笔记本是绝对保密的。他从公安局开完会，立刻回家，把笔记本锁在一口小皮箱里。云致秋那么爱说，可是这些笔记本里的材料，他绝对守口如瓶，没有跟任何人谈过。谁也不知道这里面写的是什么，不少人都很想知道。因为他们知道这些材料关系到很多人的命运。出国或赴港演出，谁能去，谁不能去；谁不能进人民大会堂，谁不能到小礼堂演出；到中南海给毛主席演戏，名单是怎么定的……这些等等，云致秋的小本本都起着作用。因为那只拉锁公文包和包里的蓝皮笔记本，使很多人暗暗地对云致秋另眼相看，一看见他登上车，车把上挂着那个包，就彼此努努嘴，暗使眼色。这些笔记本，在云致秋心里，是很有分量的。他感到党对自己的信任，也为此觉得骄傲，有时甚至有点心潮澎湃，壮怀激烈。

因为工作关系，致秋不但和党委书记、团长随时联系，和文化局的几位局长也都常有联系。主管戏曲的、主管演出的和主管外事的副局长，经常来电话找他。这几位局长的办公室，家里，他都是推门就进。找他，有时是谈工作，有时是托他办点私事，——在全聚德订两只烤鸭，到前门饭店买点好烟、好酒……有时甚至什么也不为，只是找他来瞎聊，解解闷（少不得要喝两盅）。他和局长们虽未到了称兄道弟的程度，但也可以说是："忘形到尔汝"了。他对局长，从来不称官衔，人前人后，都是直呼其名。他在局长们面前这种自由随便的态度很为剧团许多演员所羡慕，甚至嫉妒。他们很纳闷：云致秋怎么能和头儿们混得这样熟呢？

致秋自己说的"四大任务"之一的"喜庆堂会"，不是真的张罗唱堂会——现在还有谁家唱堂会呢？第一是张罗拜师。有一阵戏曲界大兴拜师之风。领导上提倡，剧团出钱。只要是看来有点出息的演员，剧团都会有一个老演员把他（她）们带着，到北京来拜一个名师。名演员哪有工夫教戏呀？他们大都有一个没有嗓子可是戏很熟的大徒弟当助教。外地的青年演员来了，在北京住个把月，跟着大师哥学一两出本门的戏，由名演员的琴师说说唱腔，临了，走给老师看看，老师略加指点，说是"不错！"这就高高兴兴地回去，在海报上印上"××老师亲授"字样，顿时身价十倍，提级加薪。到北京来，必须有人"引见"。剧团的老演员很多都是先投云致秋，因为北京的名演员的家里，致秋哪家都能推门就进。拜师照例要请客。文化局的局长、科长，剧团的主要演员、琴师、鼓师，都得请到。云致秋自然少不了。致秋这辈子经手操办过的拜师仪式，真是不计其数了。如果你愿意听，他可以给你报一笔总账，保管落不下一笔。

致秋忙乎的另一件事是帮着名角办生日。办生日不过是借名请一次客。致秋是每请必到，大都是头一个。他既是客人，也一半是主人，——负责招待。他是不会忘记去吃这一顿的，名角们的生辰他都记得烂熟。谁今年多大，属什么的，问他，张口就能给你报出来。

我们对致秋这种到处吃喝的作风提过意见。他说："他们愿意请，不吃白不吃！"

致秋火炉子好，爱吃喝，但平常家里的饭食也很简单。有一小包天福的酱肘子，一碟炒麻豆腐，就酒菜、饭菜全齐了。他特别爱吃醋卤面。跟我吹过几次，他一做醋卤，半条胡同都闻见香。直到他死后，我才弄清楚醋卤面是一种什么面。这是山西"吃儿"（致秋原籍山西）。我问过山西人，山西人告诉我："嗐！茄子打卤，搁上醋！"这能好吃到哪里去么？然而我没能吃上致秋亲手做的醋卤面，想想还是有些怅然，因为他是诚心请我的。

"文化大革命"一来，什么全乱了。

京剧团是个凡事落后的地方，这回可是跑到前面去了。一夜之间，剧团变了模样。成立了各色各样、名称奇奇怪怪的战斗组。所有的办公室、练功厅、会议室、传达室，甚至堆煤的屋子、烧暖气的锅炉间、做刀枪靶子的作坊……全都给瓜分占领了。不管是什么人，找一个地方么，打扫一番，搬来一些箱箱柜柜，都贴了封条，在门口挂出一块牌子，这就是他们的领地了。——只有会计办公室留下了，因为大家知道每个月月初还得"拿顶"，得有个地方让会计算账。大标语，大字报，高音喇叭，语录歌，五颜六色，乱七八糟。所有的人都变了人性。"小心干活，大胆拿钱"，"不多说，不少道"，全都不时兴了。平常挺斯文的小姑娘，会站在板凳上跳着脚跟人辩论，口沫横飞，满嘴脏字，完全成了一个泼妇。连贾世荣也上台发言搞大批判了。不过他批远不批近，不批团领导，局领导，他批刘少奇，批彭真。他说的都是报上的话，但到了他嘴里都有点"上韵"的味道。他批判这些大头头，不用"反革命修正主义"之类的帽子，他一律称之为"××老儿"，云致秋在下面听着，心想：真有你的！大家听着他满口"××老儿"，都绷着。一个从音乐学院附中调来的弹琵琶的女孩终于忍不住噗嗤一声笑出来了。有一回，他又批了半天"××老儿！"，下面忽然有人大声嚷嚷："去你的'××老儿'吧！你给他们捧的臭脚还少哇！——下去啵你！"这是马四喜。从此，贾世荣就不再出头露面。他自动地走进了牛棚。进来跟"黑帮"们抱拳打招呼，说："我还是这儿好。"

从学员班毕业出来的这帮小爷可真是神仙一样的快活。他们这辈子没有这样自由过，没有这样随心所欲，想干什么就干什么过。他们跟社会上的造反团体挂钩，跟"三司"，跟"西纠"，跟"全艺造"，到处拉关系。他们学得很快。社会上有什么，剧团里有什么。不过什么事到了他们手里，就都还有所发明，有所创造，有所前进，就都带上了京剧团的特点，也更加闹剧化。京剧团真是藏龙卧虎哇！一下子出了那么多司令、副司令，出了那么多理论家，出了那么多笔杆子（他们被称为刀笔）和那么多"浆子手"——这称谓是京剧团以外所没有的，即专门刷大字报浆糊的。戏台上有"牢子手""刽子手"，专刷浆子的于是被称为"浆子手"。赵旺就是一名"浆子手"。外面兴给黑帮挂牌子了，他们也挂！可是他们给黑帮挂的牌子却是外面见不到的：《拿高登》里的石锁、《空城计》诸葛亮抚的瑶琴，《女起解》苏三戴的鱼枷。——这些"砌末"上自然都写了黑帮的姓名过犯。外面兴游街，他们也得让黑帮游游。几个战斗组开了联席会议，会上决定，给黑帮"扮上"：给这些"敌人"勾上阴阳脸，戴上反王盔，插一根翎子，穿上各色各样古怪戏装，让黑帮打着锣，自己大声报名，谁声音小了，就从后腰眼狠狠地杵一锣槌。

马四喜跟这些小将不一样。他一个人成立一个战斗组。他这个战斗组随时改换名称，这些名称多半与"独"字有关，一会儿叫"独立寒秋战斗组"，一会儿叫"风景这边独好战斗组"。用得较久的是"不顺南不顺北战士"（北京有一句俗话："骑着城墙骂鞑子，不顺南不顺北"）。团里分为两大派，他哪一派不参加，所以叫"不顺南不顺北"。他上午睡觉。下午写大字报。天天写，谁都骂，逮谁骂谁。晚上是他最来精神的时候。他自愿值夜，看守黑帮。看黑帮，他并不闲着，每天找一名黑帮"单个教练"。他喝完了酒，沏上一壶酽茶，抽上关东烟，就开始"单个教练"了。所谓"单个教练"，是他给黑帮上课，讲马列主义。黑帮站着，他坐着。一教练就是两个小时，从十二点到次日凌晨两点，准时不误。

（不知道为什么，他没有把我叫去"教练"过，因此，我不知道他讲马列主义时是不是也是满口的歇后成语。要是那样，那可真受不了！）

云致秋完全懵了。他从旧社会到新社会形成的、维持他的心理平衡的为人处世哲学彻底崩溃了。他不但不知道怎么说话，怎么待人，甚至也不知道怎么思想。他习惯了依靠组织，依靠领导，现在组织砸烂了，领导都被揪了出来。他习惯于有事和同志们商量商量，现在同志们一个个都难于自保，谁也怕担干系，谁也不给谁拿什么主意。他想和老伴谈谈，老伴吓得犯了心脏病躺在床上，他什么也不敢跟她说。他发现他是孤孤零零一个人活在这个乱糟糟的世界上，这可真是难哪！每天都听到熟人横死的消息。言慧珠上吊了（他是看着她长大的）。叶盛章投了河（他和他合演过《酒丐》）。侯喜瑞一对爱如性命的翎子叫红卫兵撅了（他知道这对翎子有多长）。裘盛戎演《姚期》的白满叫人给铰了（他知道那是多少块现大洋买的）……"今夜脱了鞋，不知明天来不来。"谁也保不齐今天会发生什么事。过一天，算一日！云致秋倒不太担心被打死，他担心被打残废了，那可就恶心了！每天他还得上团里去。老伴每天都嘱咐："早点回来！"——"晚不了！"每天回家，老伴都得问一句："回来了？——没什么事？"——"没事。全须全尾——吃饭！"好像一吃饭，他今天就胜利了，这会儿至少不会有人把他手里的这杯二锅头夺过去泼在地上！不过，他喝着喝着酒，又不禁重重地叹气："唉！这乱到多会儿算一站？"

云致秋在"文化大革命"中做了三件他在平时绝不会做的事。这三件事对致秋以后的生活产生了相当深远的影响。

一件是揭发批判剧团的党委书记。他是书记的亲信，书记有些直送某某首长"亲启"的机密信件都是由致秋用毛笔抄写送出的。他不揭发，就成了保皇派。他揭发了半天，下面倒都没有太强烈的反应，有一个地方，忽然爆发出哄堂的笑声。致秋说："你还叫我保你！——我保你，谁保我呀！"这本来是一句大实话，这不仅是云致秋的真实思想，也是许多人灵魂深处的秘密，很多人"造反"其实都是为了保住自己。不过这种话怎么可以公开地，在大庭广众之前说出来呢？于是大家觉得可笑，就大声地笑了，笑得非常高兴。他们不是笑自己的自私，而是笑云致秋的老实。

第二件，是他把有关治安保卫工作的材料，就是他到公安局开会时记了本团有关人事的蓝皮笔记本，交出去了。那天他下班回家，正吃饭，突然来了十几个红卫兵："云致秋！你他妈的还喝酒！跪下！"红卫兵随即展读了一道"勒令"，大意谓：云致秋平日专与人民为敌，向反动的公检法多次提供诬陷危害革命群众的黑材料。是可忍熟（原文如此）不可忍。云致秋必须立即将该项黑材料交出，否则后果自负。"后果自负"是具有很大威力的恐吓性的词句，云致秋糊里糊涂地把放这些材料的皮箱的钥匙交给了革命群众。革命群众拿到材料，点点数目，几个人分别装在挎包里，登上自行车，呼啸而去。

第二天上班，几个党员就批评他。"这种材料怎么可以交出去？"——"他们说这是黑材料。"——"这是黑材料吗？你太软弱了！如果国民党来了，你怎么办！你还算个党员吗？"——"我怕他们把我媳妇吓死。"这也是一句实情话，可是别人是不会因此而原谅他的。当时事情也就过去了，后来到整党时，他为这件事多次通不过，他痛哭流涕地检查了好多回。他为这件事后悔了一辈子。他知道，以后他再也不适合干带机要性质的工作了。

第三件，是写了不少揭发材料，关于局领导的，团领导的。这些材料大都不是什么重要政治问题，都是些鸡毛蒜皮的生活小事。但是这些材料都成了斗争会上的炮弹，虽然打不中要害，但是经过添油加醋，对"搞臭"一个人却有作用。被批判的人心里明白，这些材料是云致秋提供的，只有他能把时间、地点、事情的经过记得那样清楚。

除了陪着黑帮游了两回街，听了几次马四喜的"单个教练"，云致秋在"文化大革命"中没有受太大的罪。他是旧党委的"黑班底",但够不上是走资派,他没有进牛棚,只是由革命群众把他和一些中层干部集中在"干部学习班"学习,学毛选,写材料。后来两派群众热衷于打派仗,也不大管他们,他觉得心里踏实下来,在没人注意他们时,他又悄悄传播一些外面的传闻,而且又开始学人、逗乐了。干部学习班的空气有时相当活跃。

云致秋"解放"得比较早。

成立了革委会。上面指示:要恢复演出。团里的几出样板戏,原来都是云致秋领着到样板团去"刻模子"刻出来的,他记性好,能把原剧重排出来。剧中有几个角色有政治问题,得由别人顶替,这得有人给说。还有几个红五类的青年演员要培养出来接班。军代表、工宣队和革委会的委员们一起研究:还得把云致秋"请"出来。说是排戏,实际上是教戏。

云致秋爱教戏,教戏有瘾,也会教。有的在北京、天津、南京已经颇有名气的演员,有时还特意来找云致秋请教,不管哪一出,他都能说出个么二三,官中大路是怎样的,梅在哪里改了改,程在哪里走的是什么,简明扼要,如数家珍。单是《长坂坡》的"抓帔",我就见他给不下七八个演员说过。只要高盛麟来北京演出《长坂坡》,给盛麟配戏的旦角都得来找致秋。他教戏还是有教无类,什么人都给说。连在党委会工作的小梁,他都愣给她说了一出《玉堂春》,一出《思凡》。

不过培养几个红五类接班人,可把云致秋给累苦了。这几个接班人完全是"小老斗"[1]连脚步都不会走,致秋等于给她们重新开蒙。他给她们"掰扯"嘴里,"抠嗤"身上,得给她们说"范儿"。"要先有身上,后有手","劲儿在腰里,

---

[1] 未经严格训练,一举一动都不是样儿,叫作"老斗"。

不在肩膀上"，"先出左脚，重心在右脚，再出右脚，把重心移过来"……他帮她们找共鸣，纠正发音位置，哪些字要用丹田，哪些字"嘴里唱"就行了。有一个演员嗓音缺乏弹性，唱不出"擞音"，声音老是直的，他恨不得钻进她的嗓子，提喽着她的声带让它颤动。好不容易，有一天，这个演员有了一点"擞"，云致秋大叫了一声："我的妈呀，你总算找着了！"致秋一天三班，轮番给这几位接班人说戏，每说一个"工时"，得喝一壶开水。

致秋教学生不收礼，不受学生一杯茶。剧团有这么一个不成文的规矩，老师来教戏，学生得给预备一包好茶叶。先生把保温杯拿出来，学生立刻把茶叶折在里面，给沏上，闷着。有的老师就有一个杯子由学生保存，由学生在提兜里装着，老师来到，茶已沏好。致秋从不如此，他从来是自己带着一个"瓶杯"——玻璃水果罐头改制的，里面装好了茶叶。他倒有几个很好看的杯套，是女生用玻璃丝编了送他的。

于是云致秋又成了受人尊敬的"云老师"，"云老师"长，"云老师"短，叫得很亲热。因为他教学有功，几出样板戏都已上演，有时有关部门招待外国文化名人的宴会，他也收到请柬。他的名字偶尔在报上出现，放在"知名人士"类的最后一名。"还有知名人士×××、×××、云致秋"。干部学习班的"同学"有时遇见他，便叫他"知名人士"，云致秋："别逗啦！我是'还有'！"

在云致秋又"走正字"的时候，他得了一次中风，口眼歪斜。他找了小孔。孔家世代给梨园行瞧病，演员们都很信服。致秋跟小孔大夫很熟。小孔说："你去找两丸安宫牛黄来，你这病，我包治！"两丸安宫牛黄下去，吃了几剂药，真好了。

致秋拄了几天拐棍，后来拐棍也扔了，他又来上班了。

"致秋，又活啦！"

"又活啦。我寻思这回该上八宝山了，没想到，到了五棵松，我又回来啦！"

"还喝吗？"

"还喝！——少点。"

打倒"四人帮"，百废俱兴，政策落实，没想到云致秋倒成了闲人。

原来的党委书记兼团长调走了。新由别的剧团调来一位党委书记兼团长。辛团长（他姓辛）和云致秋原来也是老熟人，但是他带来了全部班底，从副书记到办公室、政工、行政各部门的主任、会计出纳、医务室的大夫，直到扫楼道的工人、看传达室的……他没有给云致秋安排工作。局里的几位副局长全都"起复"了，原来分工干什么的还干什么。有人劝致秋去找找他们，致秋说："没意思。"这几位头头，原来三天不见云致秋，就有点想他。现在，他们想不起他来了。局长们的胸怀不会那样狭窄，他们不会因为致秋曾经揭发过他们的问题而耿耿于怀，只是他们对云致秋的感情已经很薄了。有时有人在他们面前提起致秋，他们只是淡淡地说："云致秋，还是那么爱逗吗？"

致秋是个热闹惯了、忙活惯了的人，他闲不住。闲着闲着，就闲出病来了。病走熟路，他那些老毛病挨着个儿来找他，他于是就在家里歇病假，哪儿也不去。他的工资还是团里领，每月月初，由他的女儿来"拿顶"，他连团里大门也不想迈。

他的老伴忽然死了，死于急性心肌梗死。这对于致秋的打击是难以想象的。他整个的垮了。在他老伴的追悼会上，他站不起来，只是瘫坐在一张椅子里，不停地流泪。熟人走过，跟他握手，他反复地说："我完了！我完了！"老伴火化了，他也就被送进了医院。

他出院后，我和小冯、小梁去看他。他精神还好，见了我们挺高兴。

"哎呀，你们几位还来呀！——我这儿现在没有什么人来了！"

我们给他带了一点水果，一只烧鸡，还有一瓶酒。他用手把烧鸡撕开，喝起来。

喝着酒，他说："老汪，小冯，小梁，我告诉你们，我活不了多久了。"

我们都说："别瞎说！你现在挺好的。"

"不骗你们！这一阵我老是做梦，梦见我媳妇。昨儿夜里还梦见。我出外，她送我。跟真事一模一样。那年，李世芳坐飞机摔死那年，我要上青岛去。下大雨。前门火车站前面水深没脚脖子。她蹚着水送我。火车快开了，她说：'咱们别去了！咱们不挣那份钱！'那回她是这么说来着。一样！清清楚楚，说话的声音，神气！快了，我们就要见面了。"

小冯说："你是一个人在家里闷的，胡思乱想！身体再好些，外边走走，找找熟人，聊聊！"

"我原说我走在她头里，没想到她倒走在我头里。一辈子的夫妻，没红过脸。现在我要换衣服，得自己找了。——我女儿她们不知在哪儿。这是怎么话说的，就那么走了！"

又喝了两杯酒，他说，像是问我们，又像是自言自语：

"我这也是一辈子。我算个什么人呢？"

小冯调到戏校管人事，她和戏校的石校长说：

"云致秋为什么老让他闲着？他还能发挥作用。咱们还缺教员，是不是把他调过来？"

石校长一听，立刻同意："这个人很有用！他们不要，我们要！你就去办这件事！"

小冯找到致秋，致秋欣然同意。他说："过了冬天，等我身体好一点，不太喘了，就去上班。"

我因事到南方去转了一圈，回来时，听小梁说："云致秋死了。"

"什么病？"

"他的病多了！前一阵他觉得身体好了些，想到戏校上班。别人劝他再休息休息。他弄了一架录音机，对着录音机说戏，想拿到戏校给学生先听着。接连说了五天，第六天，不行了。家里没有人。邻居老关发现了，赶紧叫了几个人，弄了一辆车，把他送到医院，到了医院，已经没有脉了。他在车上人还清楚，还说了一句话：'给我一条手绢。'车上人很急乱，他的声音很小，谁也没注意，只老关听见了。"

这时候，他要一条手绢干什么？"给我一条手绢"是他最后说的一句话，但是这大概不能算是"遗言"。

要给致秋开追悼会。我们几个人算是他的老战友了，大家都说："去，一定去！别人的追悼会可以不去，致秋的追悼会一定得去！"

我们商量着要给致秋送一副挽联。我想了想，拟了两句。小梁到荣宝斋买了两张云南宣，粘接好了，我试了试笔，就写起来：

跟着谁，傍着谁，立志甘当二路角；

会几出，教几出，课徒不受一杯茶。

大家看了，都说："贴切"。

论演员，不过是二路；论职务，只是办公室副主任和戏校教员，我们知道，致秋的追悼会的规格是不会高的，——追悼会也讲规格，真是叫人丧气！但是没有想到会是这样凄惨。来的人很少。一个小礼堂，稀稀落落地站了不满半堂人。戏曲界的名人，致秋的"生前友好"，甚至他教过的学生，很多都没有来。来的都是剧团的一些老熟人：贾世荣、马四喜、赵旺……花圈倒不少，把两边墙壁都摆满了。这是向火葬场一总租来的。落款的人名好些是操办追悼会的人自作主张地写上去的，本人都未必知道。挽联却只有我们送的一副，孤零零的，看起来颇有点嘲笑的味道。石校长致悼词。上面供着致秋的遗像。致秋大概第一次把照片放得这样大。小冯入神地看着致秋的像，轻轻地说："致秋这张像拍得很像。"小梁点点头："很像！"

我们到后面去向致秋的遗体告别。我参加追悼会，向来不向遗体告别，这次是破例。致秋和生前一样，只是好像瘦小了些。头发发干了，干得像草。脸上很平静。一个平日爱跟致秋逗的演员对着致秋的脸端详了好久，好像在想什么。他在想什么呢？该不会是想：你再也不能把眉毛眼睛鼻子纵在一起了吧？

天很晴朗。

我坐在回去的汽车里，听见一个演员说了一句什么笑话，车里一半人都笑了起来。我不禁想起陶渊明的《拟挽歌辞》："向来相送人，各自还其家。亲戚或余悲，他人亦已歌。"不过，

在云致秋的追悼会后说说笑话，似乎是无可非议的，甚至是很
自然的。

致秋死后，偶尔还有人谈起他：

"致秋人不错。"

"致秋教戏有瘾。他也会教，说的都是地方，能说到点子
上。——他会得多，见得也多。"

最近剧团要到香港演出，还有人念叨：

"这会要是有云致秋这样一个又懂业务，又能做保卫工作
的党员，就好了！"

一个人死了，还会有人想起他，就算不错。

一九八三年七月二日写完，为纪念一位亡友而作
（这是小说，不是报告文学。文中所写，并不都是真事。）

虐　猫

　　李小斌、顾小勤、张小涌、徐小进都住在九号楼七门。他们从小一块长大，在一个幼儿园，又读一个小学，都是三年级。李小斌的爸爸是走资派。顾小勤、张小涌、徐小进家里大人都是造反派。顾小勤、张小涌、徐小进不管这些，还是跟李小斌一块玩。

　　没有人管他们了，他们就瞎玩。捞蛤蟆骨朵，粘知了，砸学校的窗户玻璃，用弹弓打老师的后脑勺。看大辩论，看武斗，看斗走资派，看走资派戴高帽子游街。李小斌的爸爸游街，他们也跟着看了好长一段路。

　　后来，他们玩猫。他们玩过很多猫：黑猫、白猫、狸猫、狮子玳瑁猫（身上有黄白黑三种颜色）、乌云盖雪（黑背白肚）、铁棒打三桃（白身子，黑尾巴，脑袋顶上有三块黑）……李小斌的姥姥从前爱养猫。这些猫的名堂是姥姥告诉他的。

　　他们捉住一只猫，玩死了拉倒。

　　李小斌起初不同意他们把猫弄死。他说：一只猫，七条命，姥姥告诉他的。

　　"去你一边去！什么'一只猫七条命'！一个人才一条

命！"

后来李小斌也不反对了，跟他们一块到处逮猫，一块玩。

他们把猫的胡子剪了。猫就不停地打喷嚏。

他们给猫尾巴上拴一挂鞭炮，点着了。猫就没命地乱跑。

他们想出了一种很新鲜的玩法：找了四个药瓶子的盖，用乳胶把猫爪子粘在瓶盖子里。猫一走，一滑；一走，一滑。猫难受，他们高兴极了。

后来，他们想出了一种很简单的玩法：把猫从六楼的阳台上扔下来。猫在空中惨叫。他们拍手，大笑。猫摔到地下，死了。

他们又抓住一只大花猫，用绳子拴着往家里拖。他们又要从六楼扔猫了。

出了什么事？九号楼七门前面围了一圈人：李小斌的爸爸从六楼上跳下来了。

来了一辆救护车，把李小斌的爸爸拉走了。

李小斌、顾小勤、张小涌、徐小进没有把大花猫从六楼上往下扔，他们把猫放了。

讲　用

　　郝有才一辈子没有什么露脸的事。也没有多少现眼的事。他是个极其普通的人，没有什么特点。要说特点，那就是他过日子特别仔细，爱打个小算盘。话说回来了，一个人过日子仔细一点，爱打个小算盘。这碍着别人什么了？为什么有些人总爱拿他的一些小事当笑话说呢？

　　他是三分队的。三分队是舞台工作队。一分队是演员队，二分队是乐队。管箱的，——大衣箱、二衣箱、旗包箱，梳头的，检场的……这都归三分队。郝有才没有坐过科，拜过师，是个"外行"，什么都不会，他只会装车、卸车、搬布景、挂吊杆，干一点杂活。这些活，看看就会，没有三天力巴。三分队的都是"苦哈哈"，他们的工资都比较低。不像演员里的"好角"，一月能拿二百多、三百。也不像乐队里的名琴师、打鼓佬，一月也能拿一百八九。他们每月都只有几十块钱。"开支"的时候，工资袋里薄薄的一叠，数起来很省事。他们的家累也都比较重，孩子多。因此，三分队的过日子都比较俭省，郝有才是其尤甚者。

　　他们家的饭食很简单。不过能够吃饱。一年难得吃几次鱼，都是带鱼，熬一大盆，一家子吃一顿，他们家的孩子没有吃过虾。至于螃蟹，更不知道是什么滋味了。中午饭有什么吃什么，窝头、贴饼子、烙饼、馒头、米饭。有时也蒸几屉包子，菠菜馅的、韭菜馅的、茴香馅的，肉少菜多。这样可以变变花样，也省粮食。晚饭一般是吃面。炸酱面、麻酱面。茄子便宜的时候，茄子打卤。扁豆老了的时候，焖扁豆面，——扁豆焖熟了，把面往锅里一下，一翻个儿，得！吃面浇什么，不论，但是必须得有蒜。"吃面不就蒜，好比杀人不见血！"他吃的蒜也都是紫皮大瓣。"青皮萝卜紫皮蒜，抬头的老婆低头的汉，这是上讲的！"他的蒜都是很磁棒，很鼓立的。一头是一头，上得了画，能拿到展览会上去展览。每一头都是他精心挑选过，挨着个儿用手捏过的。

不但是蒜，他们家吃的菜也都是经他精心挑选的。他每天中午、晚晌下班，顺便买菜。从剧团到他们家共有七家菜摊，经过每一个菜摊，他都要下车——他骑车，问问价，看看菜的成色。七家都考察完了，然后决定买哪一家的，再骑车翻回去选购。卖菜的约完了，他都要再复一次称，——他的自行车后架上随时带着一杆小称。他买菜回来，邻居见了他买的菜都羡慕："你瞧有才买的这菜，又水灵，又便宜！"郝有才蹁腿下车，说："货买三家不吃亏，——您得挑！"

郝有才干了一件稀罕事。他对他们家附近的烧饼、焦圈做了一次周密的调查研究。他早点爱吃个芝麻烧饼夹焦圈。他家在西河沿。他曾骑车西至牛街，东至珠市口，把这段路上每家卖烧饼圈的铺子都走遍，每一家买两个烧饼、两个焦圈，回家用戥子一一约过。经过细品，得出结论：以陕西巷口大庆和的质量最高。烧饼分量足，焦圈炸得透。他把这结论公之于众，并买了几套大庆和的烧饼焦圈，请大家品尝。大家嚼食之后，一致同意他的结论。于是纷纷托他代买。他也乐于跑这个小腿。好在西河沿离陕西巷不远，骑车十分钟就到了。他的这一番调查给大家留下深刻印象，因为别人都没有想到。

剧团外出，他不吃团里的食堂。每次都是烙了几十张烙饼，用包袱皮一包，带着。另外带了好些卤虾酱、韭菜花、臭豆腐、青椒糊、豆儿酱、芥菜疙瘩、小酱萝卜，瓶瓶罐罐，丁零当啷。他就用这些小菜就干烙饼。一到烙饼吃完了，他就想家了，想北京，想北京的"吃儿"。他说，在北京，哪怕就是虾米皮熬白菜，也比外地的香。"为什么呢？因为——五味神在北京！""五味神"是什么神？至今尚未有人考证过，不见于载籍。

他抽烟，抽烟袋，关东。他对于烟叶，要算个行家。什么黑龙江的亚布利、吉林的蛟河烟、易县小叶，及至云南烤烟，他只要看看，捏一撮闻闻，准能说出个子午卯酉。不过他一般不上烟铺买烟，他遛烟摊。这摊上的烟叶子厚不厚，口劲强不强，是不是"灰白火亮"，他老远地一眼就能瞧出来。买烟的耍的"手彩"别想瞒过他。什么"插翎儿""洒药"，全都逃不过他的眼睛。"几捆烟摆在地上，你一瞧，色气好，叶儿挺厚实，拐子不多，不赖！买烟的打一捆里，噌——抽出了一根：'尝尝！尝尝！'你揉一揉往烟袋里一撮，点火，抽！真不赖，'满口烟'，喷香！其实他这几捆里就这一根是好的，是插进去的，——卖烟的知道。你再抽抽别的叶子，不是这个味儿了！——这为'插翎'。要说，这个'侃儿'[1]起得挺有个意思，烟叶可不有点像鸟的翎毛么？还有一种，归'洒药'。地下一堆碎烟叶，你来了，卖烟的抢过你的烟袋：'来一袋，

[1] 侃儿即行话，甚至可说是"黑话"。

尝尝！试试！'给你装了一袋，一抽：真好！其实这一袋，是
他一转身的那工夫，从怀里掏出来给你装上的，——这是好烟。
你就买吧！买了一包，地下的，一抽，咳！——屁烟！——'酒
药'！"

　　他爱喝一口酒。不多，最多二两。他在家不喝。家里不
预备酒，免得老想喝。在小铺里喝。不就菜，抽关东烟就酒。
这有个名目，叫作"云彩酒"。

　　他爱逛寄卖行。他家大人孩子们的鞋、袜、手套、帽子，
都是处理品。剧团外出，他爱逛商店，遛地摊，买"俏货"。
他买的俏货都不是什么贵重东西。凉席、雨伞、马莲根的炊帚、
铁丝笊篱……他买俏货，也有吃亏上当的时候。有一次，他从
汉口买了一套套盆，——绿釉的陶盆，一个套着一个，一套五
个，外面最大的可以洗被窝，里面最小的可以和面。他就像收
藏家买了一张唐伯虎的画似的，高兴得不得了。费了半天劲，
才把这套宝贝弄上车。不想到了北京，出了前门火车站，对面
一家山货店里就有，东西和他买的一样，价钱比汉口便宜。他
一气之下，恨不得把这套套盆摔碎了。——当然没有，他还是
咬着嘴唇把这几十斤重的东西背回去了。"郝有才千里买套盆"
落下一个"哏"，供剧团的很多人说笑了个把月。

　　说话，到了"文化大革命"。"文化大革命"乍一起来的
时候，郝有才也懵了。这是怎么回事呢？昨天还是书记、团长、
三叔、二大爷，一宵的工夫，都成了走资派、"三名三高"。
大字报铺天盖地。小伙子们都像"上了法"，一个个杀气腾腾，
瞧着都瘆得慌。大家都学会了嚷嚷。平日言迟语拙的人忽然都
长了口才，说起话一套一套的。郝有才心想：这算哪一出呢？
渐渐地他心里踏实了。他知道"革命"革不到他头上。他头一

回知道：三分队的都是红五类——工人阶级。各战斗组都拉他们。三分队的队员顿时身价十倍。有的人趾高气扬，走进走出都把头抬得很高。他们原来是人下人，现在翻身了！也有老实巴交的，还跟原来一样，每天上班，抽烟喝水，低头听会。郝有才基本上属于后一类。他也参加大批判、大辩论，跟着喊口号，叫"打倒"，但是他没有动手打过人，往谁脸上啐过唾沫，给谁嘴里抹过浆糊。他心里想：干嘛呀，有朝一日，还要见面。只有一件事少不了他。造反派上谁家抄家时总得叫上他，让他蹬平板三轮，去拉抄出来的"四旧"。他翻翻抄出来的东西，不免生一点感慨：真有好东西呀！

没多久，派来了军、工宣队，搞大联合，成立了革命委员会。

又没多久，这个团被指定为样板团。

样板团有什么好处？——好处多了！

样板团吃样板饭。炊事班每天变着样给大伙做好吃的。番茄焖牛肉、香酥鸡、糖醋鱼、包饺子、炸油饼……郝有才觉得天天过年。肚子里油水足，他胖了。

样板团发样板服。每年两套的确良制服，一套深灰，一套浅灰。穿得仔细一点，一年可以不用添置衣裳。——三分队还有工作服。到了冬天，还发一件棉军大衣。领大衣时，郝有才闹了一点小笑话。

棉大衣共有三个号：一号、二号、三号——大、中、小。一般身材，穿二号。矮小一点的，三号就行了，能穿一号的，全团没有几个。三分队的队长拿了一张表格，叫大家报自己的大衣号，好汇总了报上去。到了郝有才，他要求登记一件一号的。队长愣了："你多高？"——"一米六二。"——"那你要一号的？你穿三号的！——你穿上一号的像什么样子，那不成了道袍啦？"——"一号的，一号的！您给我登一件一号的！劳您驾！劳您驾！"队长纳了闷了，问他："你这是什么意思？"他说了实话："我拿回去，改改。下摆铰下来，能缝一副手套。"——"吓！什么人哪！全团有你这样的吗？领一件大衣，还饶一副手套！亏你想得出来！"队长把这事汇报了上去，军代表把他叫去训了一通。到底还是给他登记了一件三号的。

郝有才干了一件不大露脸的事。拿了人家五个羊蹄。他到一家回民食堂挑了五个羊蹄，趁着人多，售货员没注意，拿了就走，——没给钱。不想售货员早注意上他了，一把拽住："你给钱了吗？"——"给啦！"——"给了多少？我还没约呐，你就给了钱啦？"——"我现在给！"——"现在给？——晚啦！"旁边围了一圈人，都说："真不像话！""还是样板团的哪！"（他穿着样板服哪）。售货员非把他拉到公安局去不可。公安局的人一看，就五个羊蹄，事不大，就说："你写个检查吧！"——"写不了！我不认字。"公安局给剧团打了个电话，让剧团把他领回去。

军、工宣队研究了一下，觉得问题不大，影响不好，决定开一个小会，在队里批评批评他。

会上发言很热烈，每个人都说了。有人念了好几段毛主席语录。有一位能看"三列国"[1]的管箱的师傅掏出一本《雷锋日记》，念了好几篇，说："你瞧人家雷锋，风格多高。你瞧你，什么风格！——你简直的没有格！你好好找找差距吧！拿人家五个羊蹄，五个羊蹄，能值多少钱！你这么大的人了！小孩子也干不出这种事来！哎哟哎哟，你叫我说你什么好噢！

[1] 《三国演义》及《东周列国志》，合称"三列国"。凡能读"三列国"的在戏班里即为有学问的圣人。

我都替你寒碜。"军代表参加了这次会，看大家发言差不多了，就说："郝有才，你也说说。"

"说说。我这叫'爱小'。贪小便宜。贪小便宜吃大亏呀！我怎么会贪小便宜！我打小就穷。我爸死得早，我妈是换取灯的[1]……"

军代表不知道什么是"换取灯的"，旁边有人给他解释半天，军代表明白了，"哦。"

"我打小什么都干过。捡煤核，打执事[2]……"

什么是打执事，军代表也不懂，又得给他解释半天。

"哦。"

"后来，我拉排子车，——拉小绊，我力气小，驾不了辕，只能拉小绊。"

"有一回，大夏天，我发了痧，死过去了。也不知是哪位好心的，把我搭在前门门洞里。我醒过来了，瞅着瓮券上的城砖：'我这是在哪儿呐？'……"

三分队的出身都比较苦，类似的经历，他们也都有过。听了心里都有点难受，有人眼圈都红了。

"后来，我拉了两年洋车。"

"后来，给陈××拉包月。"陈××是个名演员，唱老生的。

"拉包月，倒不累。除了拉大爷上馆子——"

"上馆子？陈××爱吃馆子？"军代表不明白。

又得给他解释："上馆子就是上剧场。"

---

[1] 取灯即早先的火柴。换取灯的即收破烂的。收得破烂，或以取灯偿值，也有给钱的。

[2] 执事是出殡和迎亲的仪仗，金瓜钺斧朝天凳、旗锣伞扇……出殡则有幡、雪柳。打执事的都是穷人家的孩子。打一回执事，所得够一顿饭钱。

"除了拉大爷上馆子，就是拉大奶奶上东安市场买买东西。"

军代表听到"大爷、大奶奶"，觉得很不舒服，就打断了他："不要说'大爷''大奶奶'。"

"对！他是老板，我是拉车的。我跟他是两路人。除了，……咳，陈××爱吃红菜汤，他老让我到大地餐厅去给他端红菜汤。放在车上给他拉回来。我拉车、拉人、还拉红菜汤，你说这叫什么事！"

军代表听着，不知道他要说到哪里去，就又打断了他："不要扯得太远，不要离题，说说你对自己的错误的认识。"

"对，说认识。我这就要回到本题上来了。好容易，解放了，我参加了剧团。剧团改国营，我每月有了准收入，冻不着，饿不死。这都亏了共产党呀！——中国共产党万岁！"

他抽不冷子来了这么一句，大伙不能不举起手来跟着他喊：

"中国共产党万岁！"

"这以后，剧团归为样板团，咱们是一步登天哪！'板儿饭''板儿服'，真是没的说！可我居然干出这种丢人现眼的事，我给样板团抹了黑。我对得起谁？你们说：我对得起谁？嗯？……"

他问得理直气壮，简直有点咄咄逼人。

军代表觉得他再也说他不出什么了，就做了简短的结论：

"郝有才同志的检查不够深刻。不过态度还是好的，也有沉痛感，一个人犯了错误，不要紧，只要改正了就好。对于犯错误的同志，我们不应该歧视他，轻视他，而是要热情地帮助他。"接着又说："对于任何人，都要一分为二。比如郝有才同志，他有缺点，爱打个小算盘。他也有优点嘛！比如，他每天给大家打开水，这就是优点。这也是为人民服务嘛！希望他今后能发扬优点，克服缺点，做一名无愧于样板团称号的文艺战士！"

会就开到了这里。

过了没多久，郝有才可干了一件十分露脸的事。他早起上班打开水，上楼梯的时候绊了一下，暖壶碰到栏杆上，"砰！"把一个暖壶胆瓹了 [1]。暖壶胆瓹了，照例是可以拿到总务科去领一个的。郝有才不知怎么一想，他没去总务科去领，自己掏钱，到菜市口配了一个。——而且没有告诉任何人。不过人们还是知道了，大家传开了："有才这回干了一件漂亮事！"——"他这样的人，干出这样的事，尤其难得！"见了他，都说："有才！好样儿的！"——"有才！你这进步可是不小哇！——我简直都不敢相信。"郝有才觉得美不滋儿的。

军、工宣队知道了，也都认为这是他们的思想工作的成果。事情不大，意义不小，于是决定让他在全团大会上作一次讲用。

要他讲用，可是有点困难。他不认字，不能写讲稿。让别人替他写讲稿也不成，他念不下来。只好凭他用口讲。军代表把他叫去，启发了半天，让他讲讲自己的活思想。——当时是怎么想的，怎样让公字占领了自己的思想，克服了私心，最好能引用两段毛主席语录。军代表心想，他虽不识字，可是大家整天念语录，他听也应该听会几段了。

那天讲用一共三个人。前面两个，都讲得不错，博得全场掌声。第三个是郝有才。郝有才上了台，向毛主席像行了一个礼，然后转过身来，大声地说：

---

[1] 瓹，音 cèi，北京土话，打碎了的意思。

"毛主席教导我们说：甄了就甄了！"

大家先是一愣，接着都忍不住哈哈大笑起来。主持会议的军代表原来还绷着，终于憋不住，随着大家一同哈哈大笑。他一边大笑，一边挥手："散会！"

安乐居

　　安乐居是一家小饭馆，挨着安乐林。

　　安乐林围墙上开了个月亮门，门头砖额上刻着三个经石峪体的大字，像那么回事。走进去，只有巴掌大的一块地方，有几十棵杨树。当中种了两棵丁香花，一棵白丁香，一棵紫丁香，这就是仅有的观赏植物了。这个林是没有什么逛头的，在林子里走一圈，五分钟就够了。附近一带养鸟的爱到这里来挂鸟。他们养的都是小鸟，红子居多，也有黄雀。大个的鸟，画眉、百灵是极少的。他们不像那些以养鸟为生活中第一大事的行家，照他们的说法是"瞎玩儿"。他们不养大鸟，觉得那太费事，"是它玩我，还是我玩它呀？"把鸟一挂，他们就蹲在地下说话儿，——也有自己带个马扎儿来坐着的。

　　这么一片小树林子，名声却不小，附近几条胡同都是依此命名的。安乐林头条、安乐林二条……这个小饭馆叫作安乐居，挺合适。

　　安乐居不卖米饭炒菜。主要是包子、花卷。每天卖得不少，一半是附近的居民买回去的。这家饭馆其实叫个小酒铺更合适些。到这儿来的喝酒比吃饭的多。这家的酒只有一毛三分一两的。北京人喝酒，大致可以分为几个层次：喝一毛三的是一个层次，喝二锅头的是一个层次，喝红粮大曲、华灯大曲乃至衡水老白干的是一个层次，喝八大名酒是高层次，喝茅台的是最高层次。安乐居的"酒座"大都是属于一毛三层次，即最低层次的。他们有时也喝二锅头，但对二锅头颇有意见，觉得还不如一毛三的。一毛三他们喝"服"了，觉得喝起来"顺"。他们有人甚至觉得大曲的味道不能容忍。安乐居天热的时候也卖散啤酒。

酒菜不少。煮花生豆、炸花生豆。暴腌鸡子。拌粉皮。猪头肉，——单要耳朵也成，都是熟人了！猪蹄，偶有猪尾巴，一忽的工夫就卖完了。也有时卖烧鸡、酱鸭，切块。最受欢迎的是兔头。一个酱兔头，三四毛钱，至大也就是五毛多钱，喝二两酒，够了。——这还是一年多以前的事，现在如果还有兔头也该涨价了。这些酒客们吃兔头是有一定章法的，先掰哪儿，后掰哪儿，最后嗑开脑绷骨，把兔脑掏出来吃掉。没有抓起来乱啃的，吃得非常干净，连一丝肉都不剩。安乐居每年卖出的兔头真不老少。这个小饭馆大可另挂一块招牌："兔头酒家"。

酒客进门，都有准时候。

头一个进来的总是老吕。安乐居十点半开门。一开门，老吕就进来。他总是坐在靠窗户一张桌子的东头的座位。一年三百六十五天，天天如此。这成了他的专座。他不是像一般人似的"垂足而坐"，而是一条腿盘着，一条腿曲着，像老太太坐炕似的踞坐在一张方凳上，——脱了鞋。他不喝安乐居的一毛三，总是自己带了酒来，用一个扁长的瓶子，一瓶子装三两。酒杯也是自备的。他是喝慢酒的，三两酒从十点半一直喝到十二点差一刻："我喝不来急酒。有人结婚，他们闹酒，我就一口也不喝，——回家自己再喝！"一边喝酒，吃兔头，一边不住地抽关东烟。他的烟袋如果丢了，有人捡到一定会送还给他的。谁都认得：这是老吕的。白铜锅儿，白铜嘴儿，紫铜杆儿。他抽烟也抽得慢条斯理的，从不大口猛吸。这人整个儿是个慢性子。说话也慢。他也爱说话，但是他说一个什么事都只是客观地叙述，不大参加自己的意见，不动感情。一块喝酒的买了兔头，常要发一点感慨："那会儿，兔头，五分钱一个，还带俩耳朵！"老吕说："那是多会儿？——说那个，没用！有兔头，就不错。"西头有一家姓屠的，一家子都很浑愣，爱打架。屠老头儿到永春饭馆去喝酒，和服务员吵起来了，伸手就揪人家脖领子。服务员一胳膊就把他搡开了。他憋了一肚子气。回去跟儿子一说。他儿子二话没说，捡了块砖头，到了永春，一砖头就把服务员脑袋开了。结果：儿子抓进去了，屠老头还得负责人家的医药费。这件事老吕亲眼目睹。一块喝酒的问起，他详详细细叙述了全过程。坐在他对面的老聂听了，说：

"该！"

坐在里面犄角的老王说：

"这是什么买卖！"

老吕只是很平静地说："这回大概得老实两天。"

老吕在小红门一家木材厂下夜看门。每天骑车去，路上得走四十分钟。他想往近处挪挪，没有合适的地方，他说："算了！远就远点吧。"

他在木材厂喂了一条狗。他每天来喝酒，都带了一个塑料口袋，安乐居的顾客有吃剩的包子皮，碎骨头，他都捡起来，给狗带去。

头几天，有人要给他说一个后老伴，——他原先的老伴死了有二年多了。这事他的酒友都知道，知道他已经考虑了几天了，问起他："成了吗？"老吕说："——不说了。"他说的时候神情很轻松，好像解决了一个什么难题。他的酒友也替他感到轻松。他们几乎异口同声地说：

"不说了？——不说了好！添乱！"

老吕于是慢慢地喝酒，慢慢地抽烟。

比老吕稍晚进店的是老聂。老聂总是坐在老吕的对面。老聂有个小毛病，说话爱眨巴眼。凡是说话爱眨眼的人，脾气都比较急。他喝酒也快，不像老吕一口一口地抿。老聂每次喝一两半酒，多一口也不喝。有人强往他酒碗里倒一点，他拿起酒碗就倒在地上。他来了，搁下一个小提包，转身骑车就去"奔"酒菜去了。他"奔"来的酒菜大都是羊肝、沙肝。这是为他的猫"奔"的，——他当然也吃点。他喂着一只小猫。"这猫可仁义！我一回去，它就在你身上蹭——蹭！"他爱吃豆制品。熏干、鸡腿、麻辣丝……小葱下来的时候，他常常用铝饭盒装来一些小葱拌豆腐。有一回他装来整整两饭盒腌香椿。"来吧！"他招呼全店酒友。"你哪儿这么多香椿？——这得不少钱！"——"没花钱！乡下的亲家带来的。我们家没人爱吃。"于是酒友们一人抓了一撮。剩下的，他都给了老吕。"吃完了，给我把饭盒带来！"一口把余酒喝净，退了杯，"回见！"出门上车，吱溜——没影儿了。

老聂原是做小买卖的。他在天津三不管卖过相当长时期炒肝。现在退休在家。电话局看中他家所在的"点"，想在他家安公用电话。他嫌钱少，麻烦。挨着他家的汽水厂工会愿意每月贴给他三十块钱，把厂里职工的电话包了。他还在犹豫。

酒友们给他参谋："行了！电话局每月给钱，汽水厂三十，加上传电话、送电话，不少！坐在家里拿钱，哪儿找这么好的事去！"他一想：也是！

老聂的日子比过去"滋润"了，但是他每顿还是只喝一两半酒，多一口也不喝。

画家来了。画家风度翩翩，梳着长长的背发，永远一丝不乱。衣着入时而且合体。春秋天人造革猎服，冬天羽绒服。——他从来不戴帽子。这样的一表人才，安乐居少见。他在文化馆工作，算个知识分子，但对人很客气，彬彬有礼。他这喝酒真是别具一格：二两酒，一扬脖子，一口气，下去了。这种喝法，叫作"大车酒"，过去赶大车的这么喝。西直门外还管这叫"骆驼酒"，赶骆驼的这么喝。文墨人，这样喝法的，少有。他和老王过去是街坊。喝了酒，总要走过去说几句话。"我给您添点儿？"老王摆摆手，画家直起身来，向在座的酒友又都点了点头，走了。

我问过老王和老聂："他的画怎么样？"

"没见过。"

上海老头来了。上海老头久住北京，但是口音未变。他的话很特别，在地道的上海话里往往掺杂一些北京词汇："没门儿！""敢情！"甚至用一些北京的歇后语："那末好！武大郎盘杠子——上下够不着！"他把这些北京词汇、歇后语一律上海话化了，北京字眼，上海语音，挺绝。上海老头家里挺不错，但是他爱在外面逛，在小酒馆喝酒。

"外面吃酒，——香！"

他从提包里摸出一个小饭盒，里面有一双截短了的筷子、多半块熏鱼、几只油爆虾、两块豆腐干。要了一两酒，用手纸擦擦筷子,吸了一口酒。

"您大概又是在别处已经喝了吧?"

"啊!我们吃酒格人,好比天上飞格一只鸟(读如"屌"),格小酒馆,好比地上一棵树。鸟飞在天上,看到树,总要落一落格。"

如此妙喻,我未之前闻,真是长了见识!

这只鸟喝完酒,收好筷子,盖好小饭盒,拎起提包,要飞了:

"晏歇会!——明儿见!"

他走了,老王问我:"他说什么?喝酒的都是屌?"

安乐居喝酒的都很有节制,很少有人喝过量的。也喝得很斯文,没有喝了酒胡咧咧的。只有一个人例外。这人是个瘸子,左腿短一截,走路时左脚跟着不了地,一晃一晃的。他自己说他原来是"勤行"——厨子,煎炒烹炸,南甜北咸,东辣西酸。说他能用两个鸡蛋打三碗汤,鸡蛋都得成片儿!但我没有再听到他还有什么特别的手艺,好像他的绝技只是两个鸡蛋打三碗汤。以这样的手艺自豪,至多也只能是一个"二荤铺"的"二把刀"——"二荤铺"不卖鸡鸭鱼,什么菜都只是"肉上找",——炒肉丝、溜肉片、扒肉条。……他现在在汽水厂当杂工,每天蹬平板三轮出去送汽水。这辆平板归他用,他就半公半私地拉一点生意。口袋里一有钱,就喝。外边喝了,回家还喝;家里喝了,外面还喝。有一回喝醉了,摔在黄土坑胡同口,脑袋碰在一块石头上,流了好些血。过两天,又来喝了。我问他:"听说你摔了?"他把后脑勺伸过来,挺大一个口子。"唔!唔!"他不觉得这有什么丢脸,好像还挺光彩。他老婆早上在马路上扫街,挺好看的。有两个金牙,白天穿得挺讲究,色儿都是时兴的,走起路来扭腰拧胯,咳,挺是样儿。安乐居的熟人都替她惋惜："怎么嫁了这么个主儿！——她对瘸子还挺好！"有一回瘸子刚要了一两酒，他媳妇赶到安乐居来了，夺过他的酒碗，顺手就泼在地上："走！"拽住瘸子就往外走，回头向喝酒的熟人解释："他在家里喝了三两了，出来又喝！"瘸子也不生气，也不发作，也不觉有什么难堪，乖乖地一摇一晃地回家去了。

瘸子喝酒爱说。老是那一套，没人听他的。他一个人说，前言不搭后语，当中夹杂了很多"唔唔唔"：

"……宝三，宝善林，唔唔唔，知道吗？宝三摔跤，唔唔唔。宝三的跤场在哪儿？知道吗？唔唔唔。大金牙、小金牙，唔唔唔。侯宝林。侯宝林是云里飞的徒弟，唔唔唔。《逍遥津》，'欺寡人'——'七挂人'，唔唔唔。干嘛老是'七挂人'？'七挂人'唔唔唔。天津人讲话：'嘛事你啦？'唔唔唔。二娃子，你可不咋着！唔唔唔……"

喝酒的对他这一套已经听惯了，他爱说让他说去吧！只有老聂有时给他两句：

"老是那一套，你贫不贫？有新鲜的没有？你对天桥熟，天桥四大名山，你知道吗？"

瘸子爱管闲事，有一回，在李村胡同里，一个市容检查员要罚一个卖花盆的款，他插进去了："你干嘛罚他？他一个卖花盆的，又不脏，又没有气味，'污染'，他'污染'什么啦？罚了款，你们好多拿奖金？你想钱想疯了！卖花盆的，大老远地推一车花盆，不容易！"他对卖花盆的说："你走，有什么话叫他朝我说！"很奇怪，他跟人辩理的时候说得很明快，也没有那么多"唔唔唔"。

第二天，有人问起，他又把这档事从头到尾学说了一遍，有声有色。

老聂说："瘸子，你这回算办了件人事！"

"我净办人事！"

喝了几口酒，又来了他那一套：

"宝三，宝善林，知道吗？唔唔唔……"

老吕、老聂都说："又来了！这人，不经夸！"

"四大名山？"我问老王：

"天桥哪儿有个四大名山？"

"咳！四块石头。永定门外头过去有那么一座小桥，——后来拆了。桥头一边有两块石头，这就叫'四大名山'。你要问老人们，这永定门一带景致多哩！这会儿都没有人知道了。"

老王养鸟，红子。他每天沿天坛根遛早，一手提一只鸟笼，有时还架着一只。他把架棍插在后脖领里。吃完早点，把鸟挂在安乐林，聊会儿天，大约十点三刻，到安乐居。他总是坐在把角靠墙的座位。把鸟笼放好，架棍插在老地方，打酒。除了有兔头，他一般不吃荤菜，或带一条黄瓜，或一个西红柿、一个橘子、一个苹果。老王话不多，但是有时打开话匣子，也能聊一气。

我跟他聊了几回，知道：

他原先是扛包的。

"我们这一行，不在三百六十行之内。三百六十行，没这一行！"

"你们这一行没有祖师爷？"

"没有！"

"有没有传授？"

"没有！不像给人搬家的，躺箱、立柜、八仙桌、桌子上还常带着茶壶茶碗自鸣钟，扛起来就走，不带磕着碰着一点的，那叫技术！我们这一行，有力气就行！"

"都扛什么？"

"什么都扛，主要是粮食。顶不好扛的是盐包，——包硬，支支楞楞的，硌。不随体。扛起来不得劲儿。扛包，扛个几天就会了。要说窍门，也有。一包粮食，一百多斤，搁在肩膀上，先得颤两下。一颤，哎，包跟人就合了槽了，合适了！扛熟了的，也能换换样儿。跟递包的一说：'您跟我立一个！'哎，立一个！"

"竖着扛？"

"竖着扛。您给我'搭'一个！"

"斜搭着？"

"斜搭着。"

"你们那会儿拿工资？计件？"

"不拿工资，也不是计件。有把头——"

"把头，把头不是都是坏人吗？封建把头嘛！"

"也不是！他自己也扛，扛得少点。把头接了一批活：'哥几个！就这一堆活，多会儿扛完了多会儿算。'每天晚半晌，先生结账，该多少多少钱。都一样。有临时有点事的，觉得身上不大合适的，半路地儿要走，您走！这一天没您的钱。"

"能混饱了？"

"能！那会儿吃得多！早晨起来，半斤猪头肉，一斤烙饼。中午，一样。每天每晚半晌吃得少点。半斤饼，喝点稀的，喝一口酒。齐啦。——就怕下雨。赶上连阴天，惨啰：没活儿。怎么办呢，拿着面口袋，到一家熟粮店去：'掌柜的！''来啦！几斤？'告诉他几斤几斤，'接着！'没的说。赶天好了，

057

小说／安乐居

拿了钱，赶紧给人家送回去。为人在世，讲信用。家里揭不开锅的时候，少！……"

"……三年自然灾害，可把我饿惨了。浑身都肿了。两条腿，棉花条。别说一百多斤，十来多斤，我也扛不动。我们家还有一辆自行车，凤凰牌，九成新。我妈跟我爸说："卖了吧，给孩子来一顿！丰泽园！我叫了三个扒肉条，喝了半斤酒，开了十五个馒头，——馒头二两一个，三斤！我妈直害怕："别把杂种操的撑死了哇！"……"

"您现在每天还能吃……"

"一斤粮食。"

"退休了？"

"早退了！——后来我们归了集体。干我们这行的，四十五就退休，没有过四十五的。现在扛包的也没有了，都改了传送带。"

老王现在每天夜晚在一个幼儿园看门。

"没事儿！扫扫院子，归置归置，下水道不通了，——通通！活动活动。老待着干嘛呀，又没病！"

老王走道低着脑袋，上身微微往前倾，两腿又得很开，步子慢而稳，还看得出有当年扛包的痕迹。

这天，安乐居来了三个小伙子：长头发、小胡子、大花衬衫、苹果牌牛仔裤、尖头高跟大盖鞋、变色眼镜。进门一看："嗨，有兔头！"——他们是冲着兔头来了。这三位要了十个兔头、三个猪蹄、一只鸭子、三盘包子，自己带来了八瓶青岛啤酒，一边抽着"万宝路"，一边吃喝起来。安乐居喝酒的老酒座都瞟了他们一眼。三位吃喝了一阵，把筷子一摔，走了。都骑的是雅马哈。嘟嘟嘟……桌子上一堆碎骨头、咬了一口的包子皮，还有一盘没动过的包子。

老王看着那盘包子，撇了撇嘴：

"这是什么买卖！"

这是老王的口头语。凡是他不以为然的事，就说"这是什么买卖！"

老王有两个鸟友，也是酒友。都是老街坊，原先在一个院里住。这二位现在都够万元户。

一个是佟秀轩，是裱字画的。按时下的价目，裱一个单条：14—16元。他每天总可以裱个五六幅。这二年，家家都又愿意挂两条字画了。尤其是退休老干部。他们收藏"时贤"字画，自己也爱写、爱画。写了、画了，还自己掏钱裱了送人。因此，佟秀轩应接不暇。他收了两个徒弟。托纸、上板、揭画，都是徒弟的事。他就管管配绫子，装轴。他每天早上遛鸟。遛完了，如果活儿忙，就把鸟挂在安乐林，请熟人看着，回家刷两刷子。到了十一点多钟，到安乐林摘了鸟笼子，到安乐居。他来了，往往要带一点家制的酒菜：炖吊子、烩鸭血、拌肚丝儿……佟秀轩穿得很整洁，尤其是脚下的两只鞋。他总是穿礼服呢花旗底的单鞋，圆口的，或是双脸皮梁靸鞋。这种鞋只有右安门一家高台阶的个体户能做。这个个体户原来是内联升的师傅。

另一个是白薯大爷。他姓白，卖烤白薯。卖白薯的总有些邋遢，煤呀火呀的。白薯大爷出奇的干净。他个头很高大，两只圆圆的大眼睛，顾盼有神。他腰板绷直，甚至微微有点后仰，精神！蓝上衣，白套袖，腰系一条黑人造革的围裙，往白薯炉子后面一站，嘿！有个样儿！就说他的精神劲儿，让人相信他烤出来的白薯必定是栗子味儿的。白薯大爷卖烤白薯只卖一上午。天一亮，把白薯车子推出来，把鸟——红子，往安乐林一挂，自有熟人看着，他去卖他的白薯。到了十二点，收摊。想要吃白薯，明儿见啦您哪！摘了鸟笼，往安乐居。他喝酒不多。吃菜！他没有一颗牙了，上下牙床子光光的，但是什么都能吃，——除了铁蚕豆，吃什么都香。"烧鸡烂不烂？"——"烂！""来一只！"他买了一只鸡，撕巴撕巴，给老王来一块脯子，给酒友们让让："您来块？"别人都谢了，他一人把一只烧鸡一会儿的工夫全开了。"不赖，烂！"把鸡架子包起来，带回去熬白菜。"回见！"

这天，老王来了，坐着。桌上搁一瓶五星牌二锅头，看样子在等人。一会儿，佟秀轩来了，提着一瓶汾酒。

"走啊！"

"走！"

我问他们："不在这儿喝了？"

"白薯大爷请我们上他家去，来一顿！"

第二天，老王来了，我问：

"昨儿白薯大爷请你们吃什么好的了？"

"荞面条！——自己家里擀的。青椒！蒜！"

老吕、老聂一听：

"嘿！"

安乐居已经没有了。房子翻盖过了。现在那儿是一个什么贸易中心。

一九八六年七月五日

八月骄阳

张百顺年轻时拉过洋车，后来卖了多年烤白薯。德胜门豁
口内外没有吃过张百顺的烤白薯的人不多。后来取缔了小商
小贩，许多做小买卖的都改了行，张百顺托人谋了个事由儿，
到太平湖公园来看门。一晃，十来年了。

太平湖公园应名儿也叫作公园，实在什么都没有。既没
有亭台楼阁，也没有游船茶座，就是一片野水，好些大柳树。
前湖有几张长椅子，后湖都是荒草。灰菜、马苋菜都长得很肥。
牵牛花，野茉莉。飞着好些粉蝶儿，还有北京人叫作"老道"
的黄蝴蝶。一到晚不响，往后湖一走，都瘆得慌。平常是不大
有人去的。孩子们来掏蛐蛐。遛鸟的爱来，给画眉抓点活食：
油葫芦、蚂蚱，还有一种叫作"马蜥儿"的小四脚蛇。看门，
看什么呢？这个公园不卖门票。谁来，啥时候来，都行。除非
怕有人把柳树锯倒了扛回去。不过这种事还从来没有发生过。
因此张百顺非常闲在。他没事时就到湖里捞点鱼虫、苲草、卖
给养鱼的主。进项不大，但是够他抽关东烟的。"文化大革命"
一起来，很多养鱼的都把鱼"处理"了，鱼虫、苲草没人买，
他就到湖边摸点螺蛳，淘洗干净了，加点盐，搁两个大料瓣，

煮咸螺蛳卖。

后湖边上住着两户打鱼的。他们这打鱼，真是三天打鱼，两天晒网。有一搭无一搭。打得的鱼随时就在湖边卖了。

每天到园子里来遛早的，都是熟人，他们进园子，都有准钟点。

来得最早的是刘宝利。他是个唱戏的。坐科学的是武生。因为个头矮点，扮相也欠英俊，缺少大将风度，来不了"当间儿的"。不过他会的多，给好几位名角打个"下串"，"傍"得挺严实。他粗通文字，爱抄本儿。他家里有两箱子本子，其中不少是已经失传了的。他还爱收藏剧照，有的很名贵。杨老板《青石山》的关平、尚和玉的《四平山》、路玉珊的《醉酒》、梅兰芳的《红线盗盒》、金少山的《李七长亭》、余叔岩的《盗宗卷》……有人出过高价，想买他的本子和剧照，他回绝了："对不起，我留着殉葬。"剧团演开了革命现代戏，台上没有他的活儿，领导上动员他提前退休，——他还不到退休年龄。他一想：早退，晚退，早晚得退，退！退了休，他买了两只画眉，每天天一亮就到太平湖遛鸟。他戏瘾还挺大。把鸟笼子挂了，还拉拉山膀，起两个云手，踢踢腿，耗耗腿。有时还念念戏词。他老念的是《挑滑车》的《闹帐》：

"且慢！"

"高王爷为何阻令？"

"末将有一事不明，愿在元帅台前领教。"

"高王爷有话请讲，何言领教二字。"

"岳元帅！想俺高宠，既已将身许国，理当报效皇家。今逢大敌，满营将官，俱有差遣，单单把俺高宠，一字不提，是何理也？"

......

"吓、吓、吓吓吓吓……岳元帅！大丈夫临阵交锋，不死而带伤，生而何欢，死而何惧！"

跟他差不多时候进园子遛弯的顾止阉曾经劝过他：

"爷们！您这戏词，可不要再念了哇！"

"怎么啦？"

"如今晚儿演了革命现代戏，您念老戏词——韵白！再说，您这不是借题发挥吗？'满营将官，俱有差遣，单单把俺高宠，一字不提，是何理也？'这是什么意思？这不是说台上不用您，把你刷了吗？这要有人听出来，您这是'对党不满'呀！这是什么时候啊，爷们！"

"这么一大早，不是没人听见吗！"

"隔墙有耳！——小心无大错。"

顾止阉，八十岁了。花白胡须，精神很好。他早年在豁口外设帐授徒，——教私塾。后来学生都改了上学堂了，他的私塾停了，他就给人抄书，抄稿子。他的字写得不错，欧底赵面。抄书、抄稿子有点委屈了这笔字。后来找他抄书、抄稿子的也少了，他就在邮局门外树荫底下摆了一张小桌，代写家信。解放后，又添了一项业务：代写检讨。"老爷子，求您代写一份检讨。"——"写检讨？这检讨还能由别人代写呀？"——"劳您驾！我写不了。您写完了，我摁个手印，一样！"——"什么事儿？"因为他的检讨写得清楚，也深刻，比较容易通过，来求的越来越多，业务挺兴旺。后来他的孩子都成家立业，混得不错，就跟老爷子说："我们几个养活得起您。您一支笔挣了不少杂和面儿，该清闲几年了。"顾止阉于是搁了笔。每天就是遛遛弯儿，找几个年岁跟他相仿佛的老友一块堆儿坐坐、聊聊、下下棋。他爱瞧报，——站在阅报栏前一句一句地瞧。早晚听"匣子"。因此他知道的事多，成了豁口内外的"伏地圣人"[1]。

这天他进了太平湖，刘宝利已经练了一遍功，正把一条腿压在树上耗着。

"老爷儿今儿早！"

"宝利！今儿好像没听您念《闹帐》？"

"不能再念啦！"

"怎么啦？"

"待会儿跟您说。"

顾止庵向四边的树上看看：

"您的鸟呢？"

"放啦！"

"放啦？"

"您先慢慢往外遛达着。今儿我带着一包高末。百顺大哥那儿有开水，叶子已经闷上了。我耗耗腿。一会儿就来。咱们爷儿仨喝一壶，聊聊。"

顾止庵遛到门口，张百顺正在湖边淘洗螺蛳。

"顾先生！椅子上坐。茶正好出味儿了，来一碗。"

"来一碗！"

"顾先生，您说这'文化大革命'，它是怎么一回子事？"

"您问我？——有人知道。"

"这红卫兵，又是怎么回子事。呼啦——全起来了。它也不用登记，不用批准，也没有个手续，自己个儿就拉起来了。我真没见过。一戴上红袖箍，就变人性。想怎么着就怎么着，

---

[1] 伏地，北京土话。本地生产的叫"伏地"，如"伏地小米""伏地蒜苗"。

想揪谁就揪谁。他们怎么有这么大的权？谁给他们的权？”

“头几天，八一八，不是刚刚接见了吗？”

“当大官的，原来都是坐小汽车的主，都挺威风，一个一个全都头朝了下了。您说，他们心里是怎么想的？”

“他们怎么想，我哪儿知道。反正这心里不大那么好受。”

“还有个章程没有？我可是当了一辈子安善良民，从来奉公守法。这会儿，全乱了。我这眼面前就跟‘下黄土’似的，简直的，分不清东西南北了。”

“您多余操这份儿心。粮店还卖不卖棒子面？”

“卖！”

“还是的，有棒子面就行。咱们都不在单位，都这岁数了。咱们不会去揪谁，斗谁，红卫兵大概也斗不到咱们头上。过一天，算一日。这太平湖眼下不还挺太平不是？”

“那是！那是！”

刘宝利来了。

“宝利，您说要告诉我什么事？”

“昨儿，我可瞧了一场热闹！”

“什么热闹！”

“烧行头。我到交道口一个师哥家串门子，听说成贤街孔庙要烧行头——烧戏装。我跟师哥说：“咱们瞧瞧去！嗬！堆成一座小山哪！大红官衣、青褶子，这没什么！‘帅盔’‘八面威’‘相貂’‘驸马套’……这也没什么！大蟒大靠，苏绣平金，都是新的，太可惜了！点翠‘头面’，水钻‘头面’，这值多少钱哪！一把火，全烧啦！火苗儿蹿起老高。烧糊了的碎绸子片飞得哪儿哪儿都是。”

“唉！”

"火边上还围了一圈人,都是文艺界的头头脑脑。有跪着的,有撅着的。有的挂着牌子,有的脊背贴了一张大纸,写着字。都是满头大汗。您想想:这么热的天,又烤着大火,能不出汗吗?一群红卫兵,攥着宽皮带,挨着个抽他们。劈头盖脸!有的,一皮带下去,登时,脑袋就开了,血就下来了。——皮带上带着大铜头子!哎呀,我长这么大,没见过这么打人的。哪能这么打呢?您要我这么打,我还真不会!这帮孩子,从哪儿学来的呢?有的还是小妞儿。他们怎么能下得去这么狠的手呢?"

"唉!"

"回来,我一捉摸,把两箱子剧本、剧照,捆巴捆巴,借了一辆平板三轮,我就都送到街道办事处去了。他们爱怎么处理怎么处理,我不能自己烧。留着,招事!"

"唉!"

"那两只画眉,'口'多全!今儿一早起来,我也放了。——开笼放鸟!'提笼架鸟',这也是个事儿!"

"唉!"

这工夫,园门口进来一个人。六十七八岁,戴着眼镜,一身干干净净的藏青制服,礼服呢千层底布鞋,挂着一根角把棕竹手杖,一看是个有身份的人。这人见了顾止庵,略略点了点头,往后面走去了。这人眼神有点直勾勾的,脸上气色也不大好。不过这年头,两眼发直的人多的是。这人走到靠近后湖的一张长椅旁边,坐下来,望着湖水。

顾止庵说:"茶叶喝透了,咱们也该散了。"

张百顺说:"我把这点螺蛳送回去,叫他们煮煮。回见!"

"回见!"

"回见！"

张百顺把螺蛳送回家。回来，那个人还在长椅上坐着，望着湖水。

柳树上知了叫得非常欢势。天越热，它们叫得越欢。赛着叫。整个太平湖全归了它们了。

张百顺回家吃了中午饭。回来，那个人还在椅子上坐着，望着湖水。

粉蝶儿、黄蝴蝶乱飞。忽上，忽下。忽起，忽落。黄蝴蝶，白蝴蝶。白蝴蝶，黄蝴蝶……

天黑了。张百顺要回家了。那人还在椅子上坐着，望着湖水。

蛐蛐、油葫芦叫成一片。还有金铃子。野茉莉散发着一阵一阵的清香。一条大鱼跃出了水面，欻的一声，又没到水里。星星出来了。

第二天天一亮，刘宝利到太平湖练功。走到后湖：湖里一团黑乎乎的，什么？哟，是个人！这是他的后脑勺！有人投湖啦！

刘宝利叫了两个打鱼的人，把尸首捞了上来，放在湖边草地上。这工夫，顾止庵也来了。张百顺也赶了过来。

顾止庵对打鱼的说："您二位到派出所报案。我们仨在这儿看着。"

"您受累！"

顾止庵四下里看看，说：

"这人想死的心是下铁了的。要不，怎么会找到这么个荒凉偏僻的地方来呢？他投湖的时候，神智很清醒，不是迷迷糊糊一头扎下去的。你们看，他的上衣还整整齐齐地搭在椅背上，手杖也好好地靠在一边。咱们掏掏他的兜儿，看看有什么，好知道死者是谁呀。"

顾止庵从死者的上衣兜里掏出一个工作证，是北京市文联发的：

姓名：舒舍予

职务：主席

顾止庵看看工作证上的相片，又看看死者的脸，拍了拍工作证：

"这人，我认得！"

"您认得？"

"怪不得昨儿他进园子的时候，好像跟我招呼了一下。他原先叫舒庆春。这话有小五十年了！那会儿我教私塾，他是劝学员，正管着德胜门这一片的私塾。他住在华严寺。我还上他那儿聊过几次。人挺好，有学问！他对德胜门这一带挺熟，知道太平湖这么个地方！您怎么会走南闯北，又转回来啦？这可真是：树高千丈，叶落归根哪！"

"您等等！他到底是谁呀？"

"他后来出了大名，是个作家，他，就是老舍呀！"

张百顺问："老舍是谁？"

刘宝利说："老舍您都不知道？瞧过《骆驼祥子》没有？"

"匣子里听过。好！是写拉洋车的。祥子，我认识。——'骆驼祥子'嘛！"

"您认识？不能吧！这是把好些拉洋车的搁一块堆儿，抟巴抟巴，捏出来的。"

"唔！不对！祥子，拉车的谁不知道！他和虎妞结婚，我还随了份子。"

"您八成是做梦了吧？"

"做梦？——许是。岁数大了，真事、梦景，常往一块掺和。——他还写过什么？"

"《龙须沟》哇！"

"《龙须沟》，瞧过，瞧过！电影！程疯子、娘子、二妞……这不是金鱼池，这就是咱这德胜门豁口！太真了！太真了，就叫人掉泪。"

"您还没瞧过《茶馆》哪！太棒了！王利发！'硬硬朗朗的，我硬硬朗朗地干什么？'我心里这酸呀！"

"合着这位老舍他净写卖力气、耍手艺的、做小买卖的。苦哈哈、命穷人？"

"那没错！"

"那他是个好人！"

"没错！"

刘宝利说："这么个人，我看他本心是想说共产党好啊！"

"没错！"

刘宝利看着死者：

"我认出来了！在孔庙挨打的，就有他！您瞧，脑袋上还有伤，身上净是血嘎巴！——我真不明白。这么个人，旧社会能容得他，怎么咱这新社会倒容不得他呢？"

　　顾止阉说："'我本将心托明月，谁知明月照沟渠'，这大概就是他想不通的地方。"

　　张百顺撅了两根柳条，在老舍的脸上摇晃着，怕有苍蝇。

　　"他从昨儿早起就坐在这张椅子上，心里来回来去，不知道想了多少事哪！"

　　"'千古艰难唯一死'呀！"

　　张百顺问："这市文联主席够个什么爵位？"

　　"要在前清，这相当个翰林院大学士。"

　　"那干吗要走了这条路呢？忍过一阵肚子疼！这秋老虎虽毒，它不也有凉快的时候不？"

　　顾止阉环顾左右，沉沉地叹了一口气："'士可杀，而不可辱'啊！"

　　刘宝利说："我去找张席，给他盖上点儿！"

　　　　　　　　　　　　　　　　一九八六年六月二十二日

小　芳

　　小芳在我们家当过一个时期保姆，看我的孙女卉卉。从卉卉三个月一直看到她到两岁零八个月进幼儿园日托。

　　她是安徽无为人。无为木田镇程家湾。无为是个穷县，地少人多。地势低，种水稻油菜，平常年月，打的粮食勉强够吃。地方常闹水灾。往往油菜正在开花，满地金黄，一场大水，全都完了。因此无为人出外谋生的很多。年轻女孩子多出来当保姆。北京人所说的"安徽小保姆"，多一半是无为人。她们大都沾点亲。即或是不沾亲带故，一说起是无为哪里哪里的，很快就熟了。亲不亲，故乡人。她们互通声气，互相照应，常有来往。有时十个八个，约齐了同一天休息（保姆一般两星期休息一次），结伴去逛北海，逛颐和园；逛大栅栏，逛百货大楼。她们很快就学会了说北京话，但在一起时都还是说无为话，叽叽呱呱，非常热闹。小芳到北京，是来找她的妹妹的。妹妹小华头年先到的北京。

　　小芳离家仓促，也没有和妹妹打个电话。妹妹接到她托别人写来的信，知道她要来，但不知道是哪一天，不知道车次、时间，没法去接她。小芳拿着妹妹的地址，一点办法没有。问人，人不知道。北京那么大，上哪儿找去？小芳在北京站住了一夜。后来是一个解放军战士把她带到妹妹所在那家的胡同。小华正出来倒垃圾，一看姐姐的样子，抱着姐姐就哭了。小华的"主家"人很好，说："叫你姐姐先洗洗，吃点东西。"

小芳先在一家待了三个月，伺候一个瘫痪的老太太。老太太倒是很喜欢她。有一次小芳把碱面当成白糖放进牛奶里，老太太也并未生气。小芳不愿意伺候病人，经过辗转介绍，就由她妹妹带到了我们家，一待就待了下来。这么长的时间，关系一直很好。

小芳长得相当好看，高个儿，长腿，眉眼都不粗俗。她曾经在木田的照相馆照过一张像，照相馆放大了，陈列在橱窗里。她父亲看见了，大为生气："我的女儿怎么可以放在这里让大家看！"经过严重的交涉，照相馆终于同意把照片取了下来。

小芳很聪明，她的耳音特别的好，记性也好，不论什么歌、戏，她听一两遍就能唱下来，而且唱得很准，不走调。这真是难得的天赋。她会唱庐剧。庐剧是无为一带流行的地方戏。我问过小华："你姐姐是怎么学会庐剧的？"——"村里的广播喇叭每天在报告新闻之后，总要放几段庐剧唱片，她听听，就会了。"木田镇有个庐剧团，小芳去考过。团长看她身材、长相、嗓音都好，可惜没有文化——小芳一共只念过四天书，也不识谱，但想进了团可以补习，就录取了她。小芳还在庐剧团唱过几出戏。她父亲知道了，坚决不同意，硬逼着小芳回了家。木田的庐剧团后来改成了县剧团，小芳的父亲有点后悔，因为到了县剧团就可以由农村户口转为城市户口，吃商品粮。小芳如果进了县剧团，她一生的命运就会有很大的不同，她是很可能唱红了的，庐剧的曲调曲折婉约，如泣如诉。她在老太太家时，有时一个人小声地唱，老太太家里人问她："小芳，你哭啦？"——"我没哭，我在唱。"

小芳在我们家干的活儿不算重。做饭，洗大件的衣裳，这些都不要她管。她的任务就是看卉卉。小芳看卉卉很精心。卉卉的妈读研究生，住校，一个星期才回来一次，卉卉就全交给小芳了。城市育儿的一套，小芳都掌握了。按时给卉卉喝牛奶，吃水果，洗澡，换衣裳。每天上午，抱卉卉到楼下去玩。卉卉小时候长得很好玩，很结实，胖乎乎的，头发很浓，皮肤白嫩，两只大眼睛，谁见了都喜欢，都想抱抱。小芳于是很骄傲，小芳老是褒贬别人家的孩子："难看死了！"好像天底下就是她的卉卉最好。卉卉稍大一点，就带她到附近一个工地上玩沙土，摘喇叭花、狗尾巴草。每天还一定带卉卉到隔壁一个小学的操场上去拉一泡屎。拉完了，抱起卉卉就跑，怕被学校老师看见。上了楼，一进门："喝水！洗手！"卉卉洗手，洗她的小手绢，小芳就给卉卉做饭，蒸鸡蛋羹、青菜剁碎了加肝泥或肉末煮麦片、西红柿面条。小芳还爱给卉卉包饺子，一点点大的小饺子。

下午，卉卉睡一个很长的午觉，小芳就在一边整理卉卉的衣裳，缀缀线头松动的扣子，在绽开的衣缝上缝两针，一面轻轻地哼着庐剧。到后来为自己的歌声所催眠，她也困了，就靠在枕头上睡着了。

晚上，抱着卉卉看电视。小芳爱看电视连续剧、电影、地方戏。卉卉看动画片，看广告。卉卉看到电视里有什么新鲜东西、童装、玩具、巧克力，就说："我还没有这个呢！"她认为凡是她还没有的东西，她都应该有。有一次电视里有一盘大苹果，她要吃。小芳跟她解释"这拿不出来"，卉卉于是大哭。

卉卉有很多衣裳——她小姑、我的二女儿，就爱给她买衣裳，买很多玩具。小芳有时给她收拾衣服、玩具，会发出感慨："卉卉的命好——我的命不好。"

小芳教卉卉唱了很多歌：

大海啊大海，
是我生长的地方……

没有花香，没有树高，
我是一棵无人知道的小草……

小芳唱这些歌，都带有一点忧郁的味道。

她还教卉卉念了不少歌谣。这些歌谣大概是她小时候念过的，不过她把无为字音都改成了北京字音。

老奶奶，真古怪，
躺在牙床不起来。
儿子给她买点儿肉，
媳妇给她打点儿酒，
摸不着鞋，摸不着裤，
套——狗——头！

老头子，
上山抓猴子，
猴子一蹦，
老头没用！

我有时跟卉卉起哄，就说："猴子没蹦，老头有用！"卉卉大叫："老头没用！"我只好承认："好好好，老头没用！"

我的大女儿有一次带了她的女儿芃芃来，她一般都是两个星期来一次。天热，孩子要洗澡，卉卉和芃芃一起洗。澡盆里放了水，让她们自己在水里先玩一会儿。芃芃把卉卉咬了三口，卉卉大哭。咬得很重，三个通红的牙印。芃芃小，小芳不好说她什么，我的大女儿在一边，小芳也不好说她什么，就对卉卉的妈大发脾气："就是你！你干嘛不好好看着她！"卉卉的妈只好苦笑。她在心里很感激小芳，卉卉被咬成这样，小芳心疼。

有一次，小芳在厨房里洗衣裳，卉卉一个人在屋里玩。她不知怎么把门划上了，自己不会开，出不来，就在屋里大哭。小芳进不去，在门外也大哭，一面说："卉卉！卉卉！别怕！别怕！"后来是一个搞建筑的邻居，拿了斧子凿子，在门上凿了一个洞。小芳把手从洞里伸进去，卉卉一把拽住不放。门开了，卉卉扑到小芳怀里。小芳身上的肉还在跳。门上的这个圆洞，现在还在。

卉卉跟阿姨很亲，有时很懂事。小芳有痛经病，每个月总有两天躺着，卉卉就一个人在小床里玩洋娃娃，玩积木，不要阿姨抱，也不吵着要下楼。小华每个月要给小芳送益母草膏、当归丸。卉卉都记住了。小华一来，卉卉就问她："你是给小芳阿姨送益母草膏来了吗？"她的洋娃娃病了，她就说："吃一点益母草膏吧！吃一点当归丸！"但卉卉有时乱发脾气，无理取闹。她叫小芳："站到窗户台上去！"

小芳看看窗户台："窗户台那么窄，我站不上去呀！"

"站到床栏杆上去！"

“这怎么站呀！”

“坐到暖气上去！”

“烫！”

“到厨房待着去！”

小芳于是委委屈屈地到厨房里去站着。

过了一会儿，卉卉又非常亲热地喊："阿姨！小芳阿姨！"小芳于是高高兴兴地回到她们俩所住的屋里。

一个两岁的孩子为什么会有这种古怪的恶作剧的念头呢？这在幼儿心理学上怎么解释？

小芳送卉卉上幼儿园。她拿脚顶着教室的门，不让老师关，她要看卉卉。卉卉全不理会，头也不回，噜噜噜噜，走近她自己的小板凳，坐下了。小芳一个人回来。她的心里空了一块。

小芳的命是不好。她才六个月，就由奶奶做主，许给了她的姨表哥李德树。她从小就不喜欢李德树，越大越不喜欢。李德树相貌猥琐。他生过癞痢，头顶上有一块很大的秃疤，亮光光的，小芳看见他就讨厌。李德树的家境原来比小芳家要好些，但是他好赌，程家湾、木田的赌场只要开了，总会有他。赌得只剩下三间土房。他不务正业，田里的草长得老高。这人是个二流子，常常做出丢脸的事。

小芳十五岁的时候就常一个人到山上去哭。天黑了，她妈妈在山下叫她，她不答应。她告诉我们，她那时什么也不怕，狼也不怕。她自杀过一次，喝农药，被发现了，送到木田医院里救活了。中国农村妇女自杀，过去多是投河、上吊，自从有了农药，喝农药的多，这比较省事。乡镇医院对急救农药中毒大都很有经验了。她后来在枕头下面藏了两小瓶敌敌畏，小华知道。小华和姐姐睡一床，随时监视着她。有一次，小芳

汪曾祺作品 ／ 去年属马

到村外大河去投水，她妹妹拼命地追上了她，抱着她的腿。小芳揪住妹妹头发，往石头上碰，叫她撒手。小华的头被磕破了，满脸是血，就是不撒手："姐！我不能让你去死！你嫁过去，好赖也是活着，死了就什么也没有了！"

小芳到底还是和李德树结婚了。领结婚证那天，小芳自己都没去，是她父亲代办的。表兄妹是不能结婚的，近亲结婚是法律不允许的。这个道理，小芳的奶奶当然不知道，她认为这是亲上做亲。小芳的父亲也不知道。小芳自己是到了我们家之后，我的老伴告诉她，她才知道的。办理结婚登记手续的村干部应该知道，何况本人并未到场，怎么可以就把结婚证发给他们呢？

李德树跟邻居借了几件家具，把三间土房布置一下，就算办了事。小芳和李德树并未同房。李德树知道她身上揣着敌敌畏，也不敢对她怎么样。

小芳一天也过不下去，就天天回家哭。哭得父亲心也软了。小华后来对我们说："究竟是亲骨肉呀。"父亲说："那你走吧。不要从家里走。李德树要来要人。"小芳乘李德树出去赌钱，收拾了一点东西，从木田坐汽车到合肥，又从合肥坐火车到了北京。她实际上是逃出来的。

小芳在我们家待了一些时，家乡有人来，告诉小芳，李德树被抓起来了。他和另外四个痞子合伙偷了人家一头牛，杀了吃了，人家告到公安局，公安局把他抓进去了。小芳很高兴，她希望他永远不要放出来。这怎么可能呢？偷牛，判不了无期。

李德树到北京来了！他要小芳跟他回去。他先找到小华，小华打了个电话给小芳。李德树有我们家的地址，他找到了，不敢上来，就在楼下转。小芳下了楼，对他说："你来干什么？我不能跟你回去！"楼下有几个小保姆，知道小芳的事，就围住李德树，把他骂了一顿："你还想娶小芳，瞧你那德行！""你快走吧！一会儿公安局就来人抓你！"李德树竟然叫她们哄走了。

这些日子，小芳的父亲来信，叫小芳快回来，李德树扬言，要烧他们家的房子，杀她的弟弟，她妈带着她弟弟躲进了山里。小芳于是下决心回去一趟。小芳这回有了主见了，她在北京就给木田法院写了一封信，请求离婚，并寄去离婚诉讼所需费用。

小芳在合肥要下火车，车进站时，她发现李德树在站上等着她。小芳穿了一件玫瑰红人造革的短大衣，半高跟皮鞋，戴起墨镜，大摇大摆从李德树面前走过，李德树竟没认出来！

小芳坐上往木田的汽车一直到家里。

李德树伙同几个朋友，就是和他一同偷牛的几个痞子，半夜里把小芳抢了出来。小芳两手抱着一棵树，大声喊叫："卉卉！卉卉！"——喊卉卉干什么！卉卉能救你么？

李德树让他的嫂子看着小芳。嫂子很同情小芳。小芳对嫂子说："我想到木田去洗个澡。"嫂子说："去吧。"小芳到了木田，跑到法院去吵了一顿："你们收了我的钱，为什么不给我办离婚？"法院不理她。小芳就从木田到合肥坐火车到北京来了。

我们有个亲戚在安徽，和省妇联的一个负责干部很熟。我们把小芳的情况给那亲戚写了一封信，那位亲戚和妇联的同志反映了一下，恰好这位同志到无为视察工作，向木田法院问及小芳的问题。法院只好受理小芳的案子，判离，但要小芳付给李德树九百块钱。

　　小芳的父亲拿出一点钱，小芳拿出她的全部积蓄，小华又帮她借了一点钱，陆续偿给了李德树，小芳自由了。

　　李德树拿了九百块钱，很快就输光了。

　　小芳离开我们家后，到一家个体户的糖果糕点厂去做糖果，在丰台。糕点厂有个小胡，是小芳的同乡，每天蹬平板三轮到市里给各家送货。小芳有一天去看妹妹，带了小胡一起去。小华心里想：你怎么把一个男的带到我这里来了！是不是他们好了？看姐姐的眼睛，就是了，悄悄地问："你们是不是好了？"姐姐笑了。小华拿眼看了看小胡，说："太矮了！"小芳说："矮一点有什么关系，要那么高干什么！"据小华说："我姐喜欢他有文化。小胡读过初中。她自己没有文化，特别喜欢有文化的人。"

　　还得小胡回去托人到小芳家说媒。私订终身是不兴的。小胡先走两天，小芳接着也回了家。

　　到了家，她妈对她说："你明天去看看三舅妈，你好久没看见她了，她想你。"小芳想，也是，就提了一包糕点厂的点心去了。

　　去了，才知道，哪是三舅妈想她呀，是叫她去让人相亲。程家湾出了个万元户。这人是靠倒卖衣裳发财的。从福建石狮贩了衣服，拆掉原来的商标，换上假名牌。一百元买进，三百元卖出。这位倒爷对小芳很中意，说小芳嫁给他，小芳家的生活他包了，还可供她弟弟上学。小芳说："他就是亿万富翁，我也不嫁给他！"他妈说："小胡家穷，只有三间土房。"小芳说："穷就穷点，只要人好！"

　　小芳和小胡结了婚，一年后生了个女儿，取名也叫卉卉。

我们的卉卉有很多穿过的衣裳，留着也没有用，卉卉的妈就给小芳寄去，寄了不止一次。小芳让她的卉卉穿了寄去的衣裳照了一张像寄了来。小芳的卉卉像小芳。

家里过不下去，小芳两口子还得上北京来，那家糖果糕点厂还愿意要他们。

小芳带了小胡上我们家来。小胡是矮了一点。其实也不算太矮，只是因为小芳高，显得他矮了。小胡的样子很清秀，人很文静，像个知识分子。小芳可是又黑又瘦，瘦得颧骨都凸出来了，神情很憔悴。卉卉已经上幼儿园大班，不怎么记得小芳了，问小芳："你就是带过我的那个阿姨吗？"小芳一把把她抱了起来，卉卉就粘在小芳身上不下来。

不到一年，小芳又回去了，她想她的女儿。

过不久，小胡也回去了，家里的责任田得有人种。

小芳小产了两次。医生警告她："你不能再生了，再生就有危险！"小芳从小身体就不好。小芳说："我一定要给他们家留一条根！"小芳终于生了一个儿子。小华说："这孩子是他们的一条龙！"

小芳一直很想卉卉。她来信要卉卉的照片，卉卉的妈不断给她寄去。她要卉卉的录音，卉卉的妈给她录了一盘卉卉唱歌讲故事的磁带。卉卉的妈叫卉卉跟小芳说几句话。卉卉扭扭捏捏地说："说什么呀？"——"随便！随便说几句！"卉卉想了想，说：

"小芳阿姨，你好吗？我很想你，我记得你很多事。"

听小华说，小芳现在生活很苦，有时连盐都没有。没盐了，小胡就拿了网，打一二斤鱼，到木田卖了，买点盐。

我问小华："小芳现在就是一心只想把两个孩子拉扯大

了？"

小华说："就是。"

小芳现在还在唱庐剧吗？

可能还会唱，在她哄孩子睡觉的时候。

一九九一年五月二十八日

窥　浴

岑明是吹黑管的，吹得很好。在音乐学院附中学习的时候，教黑管的老师虞芳就很欣赏他。在虞芳教过的几班学生中，她认为只有岑明可以达到独奏水平。音乐是需要天才的。

附中毕业后，岑明被分配到样板团。自从排练样板戏以后，各团都成立了洋乐队。黑管在仍以"四大件"为主的乐队里只是必不可少的装饰，一晚上吹不了几个旋律。岑明一天很清闲。他爱看小说。看《红与黑》，看 D.H. 劳伦斯。

岑明是个高个儿，瘦瘦的，鬈发。

他不爱说话，不爱和剧团演员、剧场职员说一些很无聊的荤素笑话。演员、职员都不喜欢他，认为他高傲。他觉得很寂寞。

俱乐部练功厅上有一个平台，堆放着纸箱、木板等等杂物。从一个角度，可以下窥女浴室，岑明不知道怎么发现了这个角落。他爬到平台上去看女同志洗澡，已经不止一次。他的行动叫一个电工和一个剧场的领票员发现了，他们对剧场的建筑结构很熟悉。电工和领票员揪住岑明的衣领，把他拉到练功厅下面，打他。

一群人围过来，问：

"为什么打他？"

"他偷看女同志洗澡！"

"偷看女同志洗澡？——打！"

七八个好事的武戏演员一齐打岑明。

恰好虞芳从这里经过。

虞芳看到，也听到了。

虞芳在乐团吹黑管，兼在附中教黑管。她有时到乐团练乐，或到几个剧团去辅导她原来的学生，常从俱乐部前经过，她行步端庄，很有风度。演员和俱乐部职工都认识她。

这些演员、职员为什么要打岑明呢？说不清楚。

他们觉得岑明的行为不道德？

他们是无所谓道德的观念的。

他们觉得自己受到了侵犯，甚至是污染（他们的家属是常到女浴室洗澡的）。

或者只是因为他们讨厌岑明，痛恨他的高傲，他的落落寡言，他的自以为有文化，有修养的"劲儿"。这些人都有一种潜藏的、严重的自卑心理，因为他们自己也知道，他们是庸俗的，没有文化的，没有才华的，被人看不起的。他们打岑明，是为了报复，对音乐的，对艺术的报复。

虞芳走过去，很平静地说：

"你们不要打他了。"

她的平静的声音产生了一种震慑的力量。

因为她的平静，或者还因为她的端庄，她的风度，使这群野蛮人撒开了手，悻悻然地散开了。

虞芳把岑明带到自己的家里。

虞芳没有结过婚，她有过两次恋爱，都失败了，她一直过着单身的生活。音乐学院附中分配给她一个一居室的宿舍，就在俱乐部附近。

"打坏了没有？有没有哪儿伤着？"

"没事。"

虞芳看看他的肩背，给他做了热敷，给他倒了一杯马提尼酒。

"他们为什么打你？"

岑明不语。

"你为什么要爬到那个地方去看女人洗澡？"

岑明不语。

"是好看的么？"

岑明摇摇头。

"她们身上有没有音乐？"

岑明坚决地摇了摇头："没有！"

"你想看女人，来看我吧。我让你看。"

她乳房隆起，还很年轻。双腿修长。脚很美。

岑明一直很爱看虞老师的脚。特别是夏天，虞芳穿了平底的凉鞋，不穿袜子。

虞芳也感觉到他爱看她的脚。

她把他的手放在自己的胸上。

他有点晕眩。

他发抖。

她使他渐渐镇定了下来。

（肖邦的小夜曲，乐声低缓，温柔如梦……）

晚饭后的故事

京剧导演郭庆春就着一碟猪耳朵喝了二两酒，咬着一条顶
花带刺的黄瓜吃了半斤过了凉水的麻酱面，叼着前门烟，捏了
一把芭蕉扇，坐在阳台上的竹躺椅上乘凉。他脱了个光脊梁，
露出半身白肉。天渐渐黑下来了。楼下的马缨花散发着一阵一
阵的清香。衡水老白干的饮后回甘和马缨花的香味，使得郭导
演有点醺醺然了……

郭庆春小时候，家里很穷苦。父亲死得早，母亲靠缝穷维
持一家三口的生活，——郭庆春还有个弟弟，比他小四岁。每
天早上，母亲蒸好一屉窝头，留给他们哥俩，就夹着一个针线
笸箩，上市去了。地点没有定准，哪里穿破衣服的人多就奔哪
里。但总也不出那几个地方。郭庆春就留在家里看着弟弟。他
有时也领着弟弟出去玩，去看过妈给人缝穷。妈靠墙坐在街边
的一个马扎子上，在闹市之中，在车尘马足之间，在人们的腿
脚之下，挣着他们明天要吃的杂和面儿。穷人家的孩子懂事早。
冬天，郭庆春知道妈一定很冷；夏天，妈一定很热，很渴，很困。
缝穷的冬天和夏天都特别长。郭庆春的街坊、亲戚都比较贫苦，
但是郭庆春从小就知道缝穷的比许多人更卑屈，更低贱。他跟

着大人和比他大些的孩子学会了说许多北京的俏皮话、歇后语："武大郎盘杠子——上下够不着"，"户不拉喂饭——不正经玩儿"……等等，有一句歇后语他绝对不说，小时候不说，长大以后也不说："缝穷的撒尿——瞅不冷子"。有一回一个大孩子当他面说了一句，他满脸通红，跟他打了一架。那孩子其实是无心说的，他不明白郭庆春为什么生那么大的气。

这个穷苦的出身，日后给他带来了无限的好处。

郭庆春十二三岁就开始出去奔自己的衣食了。

他有个舅舅，是在剧场（那会儿不叫剧场，叫戏园子，或者更古老一些，叫戏馆子）里"写字"的。写字是写剧场门口的海报，和由失业的闲汉扛着走遍九城的海报牌。那会儿已有报纸，剧场都在报上登了广告，可是很多人还是看了海报牌，知道哪家剧场今天演什么戏，才去买票的。舅舅的光景比郭家好些，也好不到哪里去。他时常来瞧瞧他的唯一的妹妹。他提出，庆春长得快齐他的肩膀高了（舅舅是个矮子），能把自己吃的窝头挣出来了。舅舅出面向放印子的借了一笔本钱，趸了一担西瓜。郭庆春在陕西巷口外摆了一个西瓜摊，把瓜切成块，卖西瓜。

他穿了条大裤衩，腰里插着一把芭蕉扇，学着吆唤：

> 唉，闹块来！
> 脆沙瓤嘿，
> 赛冰糖嘿，
> 唉，闹块来！……

他头一回听见自己吆唤，有一种说不出来的新鲜感。他竟能吆唤得那样像。这不是学着玩，这是真事！他的弟弟坐在小板凳上看哥哥做买卖，也觉得很新鲜。他佩服哥哥。晚上，哥俩收了摊子，飞跑回家，把卖得的钱往妈面前一放：

"妈！钱！我挣的！"

妈这天给他们炒了个麻豆腐吃。

这种新鲜感很快就消失了。西瓜生意并不那样好。尤其是下雨天。他恨下雨。

有一天，倒是大太阳，卖了不少钱。从陕西巷里面开出一辆军用卡车，一下子把他的西瓜摊带翻了，西瓜滚了一地。他顾不上看摔破了、压烂了多少，纵起身来一把抓住卡车挡板后面的铁把手，哭喊着：

"你赔我！你赔我瓜！你赔我！"

卡车不理茬，尽快往前开。

"你赔我！你赔我瓜！"

他的小弟弟迈着小腿在后面追：

"哥哥！哥哥！"

路旁行人大声喊：

"孩子，你撒手！他们不会赔你的！他们不讲理！孩子，撒手！快撒手！"

卡车飞快地开着，快开到珠市口了。郭庆春的胳臂吃不住劲了。他一松手，面朝下平拍在马路上。缓了半天，才坐起来。脸上，胸脯拉了好些的道道。围了好些人看。弟弟直哭："哥哥！唔，哥哥！"郭庆春拉着弟弟的手往回走，一面回头向卡车开去的方向骂："我操你妈！操你臭大兵的妈！"

在水管龙头上冲了冲，用擦西瓜刀的布擦擦脸，他还得做买卖。——他的滚散了的瓜已经有好心的大爷给他捡回来了。

他接着吆唤：

> 唉，闹块来！……
> 我操你妈！
> 闹块来！……
> 我操你臭大兵的妈！
> 闹块来！
> ……

舅舅又来了。舅舅听说外甥摔了的事了。他跟妹妹说："庆春到底还小，在街面上混饭吃，还早了点。我看叫他学戏吧。没准儿将来有个出息。这孩子长相不错，有个人缘儿，扮上了，不难看。我听他的吆唤，有点膛音。马连良家原先不也是挺苦的吗？你瞧人家这会儿，净吃蹦虾仁！"

妈知道学戏很苦，有点舍不得。经舅舅再三开导，同意了。舅舅带他到华春社科班报了名，立了"关书"。舅舅是常常写关书的，写完了，念给妹妹听。郭庆春的妈听到："生死由命，概不负责。若有逃亡，两家寻找。"她听懂了，眼泪直往下掉。她说："孩子，你要肚里长牙，千万可不能半途而废！我就指着你。你还有个弟弟！"郭庆春点头，说："妈，您放心！"

学戏比卖西瓜有意思！

耗顶，撕腿。耗顶得耗一炷香，大汗珠子叭叭地往下滴，滴得地下湿了一片。撕腿，单这个"撕"字就叫人肝颤。把腿愣给撕开，撕得能伸到常人达不到的角度。学生疼得直掉眼泪，抄功的董老师还是使劲地把孩子们的两只小腿往两边掰，毫不怜惜，一面嘴里说："若要人前显贵，必得人后受罪，小子，忍着点！"

接着，开小翻、开虎跳、前扑、蹿毛、倒插虎、乌龙搅柱、拧旋子、练云里翻……

这比卖西瓜有意思。

吃的是棒子面窝头、"三合油"，——韭菜花、青椒糊、酱油，倒在一个大桶里，拿开水一沏，这就是菜。学生们都吃得很香。郭庆春在出科以后多少年，在大城市的大旅馆里，甚至在国外，还会有时忽然想起三合油的香味，非常想喝一碗。大白菜下来的时候，就顿顿都是大白菜。有的时候，师父——班主忽然高了兴，在他的生日，或是买了几件得意的古董玉器，就吩咐厨子："给他们炒蛋炒饭！"蛋炒饭油汪汪的，装在一个大缸里，管饱！撑得这些孩子一个一个挺腰凸肚。

师父是个喜怒无常的人。高了兴，给蛋炒饭吃，稍不高兴，就"打通堂"。全科学生，每人十板子，平均对待，无一幸免。这板子平常就供在祖师爷龛子的旁边，谁也不许碰，神圣得很。到要用的时候，"请"下来。掌刑的，就是抄功的董老师。他打学生很有功夫，节奏分明，不紧不慢，轻重如一，不偏不向。师父说一声"搬板凳！"，董老师在鼻孔里塞两撮鼻烟，抹了个蝴蝶，用一块大手绢把右手腕子缠住（防止闪了腕子），学生就很自觉地从大到小挨着个儿撩起衣服，趴到板凳上，老老实实，规规矩矩，挨那份内应得的重重的十下。

"打通堂"的原因很多。几个馋嘴师哥把师父买回来放在冰箱里准备第二天吃的熏鸡偷出来分吃了；一个调皮捣蛋的学生在董老师的鼻烟壶里倒进了胡椒面了；一个小学生在台上尿了裤子了……都可以连累大家挨一顿打。

"打通堂"给同科的师兄师弟留下极其甘美的回忆。他们日后聚在一起，常常谈起某一次"打通堂"的经过，彼此互相补充，谈得津津有味。"打通堂"使他们的同学意识变得非常深刻，非常坚实。这对于维系他们的感情，作用比一册印刷精美的同学录要大得多。

一同喝三合油，一同挨"打通堂"，还一同生虱子，一同长疥，三四年很快过去了。孩子们都学会了几出戏，能应堂会，能上戏园子演出了。郭庆春学的是武生，能唱《哪吒闹海》《蜈蚣岭》《恶虎村》……（后来他当了教师，给学生开蒙，也是这几出）。因为他是个小白胖子（吃那种伙食也能长胖，真也是奇迹），长得挺好玩，在节日应景戏《天河配》里又总扮一个洗澡的小仙女，因此到他已经四十几岁，有儿有女的时候，旧日的同学还动不动以此事来取笑："得了吧！到天河里洗你的澡去吧！"

他们每天排着队上剧场。都穿的长衫、棉袍，冬天戴着小帽头，夏天露着刮得发青的光脑袋。从科班到剧场，要经过一个胡同。胡同里有一家卖炒疙瘩的。掌柜的是个跟郭庆春的妈差不多岁数的大娘，姓许。许大娘特别喜欢孩子，——男孩子。科班的孩子经过胡同时，她总站在门口一个一个地看他们。孩子们也知道许大娘喜欢他们，一个一个嘴很甜，走过跟前，都叫她：

"大娘！"

"哎！"

"大娘！"

"哎！"

许大娘知道科班里吃得很苦，就常常抓机会拉一两个孩子上她铺子里吃一盘炒疙瘩。轮流请。华春社的学生几乎全吃过她的炒疙瘩。以后他们只要吃疙瘩，就会想起许大娘。吃的次数最多的是郭庆春。科班学生排队从许大娘铺子门前走过，大娘常常扬声叫庆春："庆春哪，你放假回家的时候，到大娘这儿弯一下。"——"哎。"

许大娘有个女儿，叫招弟，比郭庆春小两岁。她很爱和庆春一块玩。许大娘家后面有一个很小的院子，院里有一棵马缨花，两盆茉莉，还有几盆草花。郭庆春吃完了炒疙瘩（许大娘在疙瘩里放了好些牛肉，加了半勺油），他们就在小院里玩。郭庆春陪她玩女孩子玩的抓子儿，跳房子；招弟也陪庆春玩男孩子玩的弹球。谁输了，就让赢家弹一下脑绷，或是拧一下耳朵，刮一下鼻子，或是亲一下。庆春赢了，招弟歪着脑袋等他来亲。庆春只是尖着嘴，在她脸上碰一下。

"亲都不会！饶你一下，重来！"

郭庆春看见招弟耳垂后面有一颗红痣（他头二年就看到了），就在那个地方使劲地亲了一下。招弟格格地笑个不停：

"痒痒！"

从此每次庆春赢了，就亲那儿。招弟也愿意让他亲这儿。每次都格格地笑，都说"痒痒"。

有一次许大娘看见郭庆春亲招弟，说："哪有这样玩的！"许大娘心里一沉："孩子们自己不知道，他们一天一天大了哇！"

渐渐地，他们也知道自己大了，就不再这么玩了。招弟爱瞧戏。她家离戏园子近，跟戏园子的人都很熟，她可以随时钻进去看一会儿。她看郭庆春的《恶虎村》，也看到别人的戏，尤其爱看旦角戏。看得多了，她自己也能唱两段。郭庆春会拉一点胡琴。后两年吃完了炒疙瘩，就是庆春拉胡琴，招弟唱"苏三离了洪洞县""儿的父去投军无音信"……招弟嗓子很好。郭庆春松了琴弦，合上弓，常说："你该唱戏去的，耽误了，可惜！"

人大了，懂事了。他们有时眼对眼看着，看半天，不说话。马缨花一阵一阵地散发着清香。

许大娘也有了点心事。她很喜欢庆春。她也知道，如果由她做主把招弟许给庆春，招弟是愿意的。可是，庆春日后能成气候么？唱戏这玩意儿，唱红了，荣华富贵；唱不红，流落街头。等二年再说吧！

残酷的现实把许大娘的这点淡淡的梦砸得粉碎：庆春在快毕业的那年倒了仓，倒得很苦，——一字不出！"子弟无音客无本"，郭庆春见过多少师哥，在科班里是好角儿，一旦倒了仓，倒不过来，拉洋车，卖落花生，卖大碗茶。他惊恐万状，一身一身地出汗。他天不亮就到窑台喊嗓子，他听见自己那一点点病猫一样的嘶哑的声音，心都凉了。夜里做梦，念了一整出《连环套》，"愚下保镖，路过马兰关口……"脆亮响堂，高兴得从床上跳起来。一醒来，仍然是一字不出。祖师爷把他的饭碗收去了，他该怎么办呢？许大娘也知道庆春倒仓没倒过来了。招弟也知道了。她们也反反复复想了许多。

郭庆春只有两条路可走：跑龙套，或是改行。

郭庆春坐科学戏是在敌伪时期，到他该出科时已经是抗战胜利，国民党中央军来了。"想中央，盼中央，中央来了更遭殃。"物价飞涨，剧场不上坐。很多人连赶两包（在两处剧场赶两个角色），也奔不出一天的嚼裹儿。有人唱了一天戏，开的份儿只够买两个茄子，一家几口，就只好吃这两个熬茄子。满街都是伤兵，开口就是"老子抗战八年！"动不动就举起双拐打人。没开戏，他们就坐满了戏园子。没法子，就只好唱一出极其寡淡无味的戏，把他们唱走。有一出戏，叫《老道游山》，就一个角色——老道，拿着云帚，游山。游到哪里，"真好景致也"，唱一段，接着再游。没有别的人物，也没有一点故事情节，要唱多长唱多长。这出戏本来是评剧唱，后来京剧也唱。唱得这些兵大爷不耐烦了："他妈的，这叫什么戏！"一哄而去。等他们走了，再开正戏。

很多戏曲演员都改了行了。郭庆春的前几科的师哥，有的到保定、石家庄贩鸡蛋，有的在北海管租船，有的卖了糊盐，——盐炒糊了，北京还有极少数人家用它来刷牙，可是这能卖几个钱？……

有嗓子的都没了辙了，何况他这没嗓子的。他在科班虽然不是数一数二的好角儿，可是是能唱一出的。当底包龙套，他不甘心！再说，当底包龙套也吃不饱呀！郭庆春把心一横：干脆：改行！

春秋两季，拉菜车，从广渠门外拉到城里。夏天，卖西瓜。冬天，卖柿子。一车青菜，两千多斤。头几回拉，累得他要吐血。咬咬牙，也就挺过来了。卖西瓜，是他的老行当。西瓜摊还是摆在陕西巷口外。因为嗓子没音，他很少吆唤。但是人大了，有了经验，隔皮知瓤，挑来的瓜个个熟。西瓜片切得很薄，显得块儿大。木板上铺了蓝布，湔了水，显着这些瓜鲜亮水淋，咝咝地往外冒着凉气。卖柿子没有三天的"力巴"，人家咋卖咱咋卖。找个背风的旮旯儿，把柿子挨个儿排在地上，就着路灯的光，照得柿子一个一个黄澄澄的，饱满鼓立，精神好看，谁看了都想到围着火炉嚼着带着冰碴的凉柿子的那股舒服劲儿。卖柿子的怕回暖，尤其怕刮风。一刮风，冻柿子就流了汤了。

风再把尘土涂在柿子皮上，又脏又黑，满完！因此，郭庆春就盼着一冬天都是那么干冷干冷的。

卖力气，做小买卖，不丢人！街坊邻居不笑话他。他的还在唱戏和已经改了行的师兄弟有时路过，还停下来跟他聊一会儿。有的师哥劝他别把功撂下，早上起来也到陶然亭喊两嗓子。说是有人倒仓好几年，后来又缓过来的。没准儿，有那一天，还能归到梨园行来。郭庆春听了师哥的话，间长不短的，耗耗腿，拉拉山膀，无非是解闷而已。

郭庆春没有再去看许大娘。他拉菜车、卖西瓜、卖柿子，不怕碰见别的熟人，可就怕碰见许大娘母女。听说，许大娘搬了家了，搬到哪里，他也没打听。北京城那样大，人一分开，就像树上落下两片叶子，风一吹，各自西东了。

北京城并不大。

一天晚上，干冷干冷的。郭庆春穿了件小棉袄，蹲在墙旮旯。地面上的冷气从裆下一直透进他的后脊梁。一辆三轮车蹬了过来。车上坐了一个女的。

"三轮，停停。"

女的揭开盖在腿上的毛毯，下了车。

"这柿子不错，给我包四个。"

她扔下一条手绢，郭庆春挑了四个大的，包上了。他抬起头来，把手绢往上递：是许招弟！穿了一件长毛绒大衣。

许招弟一看，是郭庆春。

"你……这样了！"

郭庆春把脑袋低了下去。

许招弟把柿子钱丢在地下，坐上车，走了。

转过年来，夏天，郭庆春在陕西巷口卖西瓜，正吆唤着（他嗓子有了一点音了），巷里走出一个人来：

"卖西瓜的，递两个瓜来。——要好的。"

"没错！"

郭庆春挑了两个大黑皮瓜，对旁边的纸烟阁子的掌柜说
"劳您驾，给照看一下瓜摊。"——"你走吧。"郭庆春跟着
要瓜的那人走，到了一家，这家正办喜事。堂屋正面挂着大
红双喜幔帐，屋里屋外一股炮仗硝烟气味，两边摆着两桌酒。
已经行过礼，客人入席了。郭庆春一看，新娘子是许招弟！她
烫了发，抹了胭脂口红，耳朵下垂着水钻坠子。郭庆春把两个
瓜放在旁边的小方桌上，拔腿就跑。听到后面有人喊：

"卖西瓜的，给你瓜钱！"

这是一个张恨水式的故事，一点小市民的悲欢离和。这样
的故事在北京城每天都有。

北京解放了。

解放，使许多人的生活发生了急转直下的变化。许多故事
产生了一个原来意想不到的结尾。

郭庆春万万没有想到，他会和一个老干部，一个科长结了
婚，并且在结婚以后变成现在的郭导演。

北京解放以后，物价稳定，没有伤兵，剧场上座很好。很
多改了行的演员又纷纷搭班唱戏了。他到他曾经唱过多次戏的
剧场去听过几次蹭戏，紧锣密鼓，使他兴奋激动，筋肉伸张。
随着锣经，他直替台上的同行使劲。

一个外地剧团到北京来约人。那个贩卖鸡蛋的师哥来找郭
庆春：

"庆春，他们来找了我。我想去。我提了你。北京的戏不好唱。咱先到外地转转。你的功底我知道，这些年没有全撂下，稍稍练练，能捡回来。听你吼唤，嗓子出来了。咱们一块去吧。学了那些年，能就扔下吗？就你那几出戏，管保能震他们一下子。"

郭庆春沉吟了一会儿，说："去！"

到了那儿，安顿下了。剧团团长领他们几个新从北京约来的演员去见见当地文化局的领导。戏改科的杨科长接见了他们。杨科长很忙，一会儿接电话，一会儿在秘书送来的文件收文簿上签字，显得很果断，很有气魄。杨科长勉励了他们几句，说他们是剧团的"新血液"，希望他们发挥自己的专长，为人民服务。郭庆春连连称是。他对杨科长油然产生一种敬重之情。一个女的，能当科长，了不起！他觉得杨科长的举止动作，言谈话语，都像一个男人，不像是个女的。

重返舞台，心情紧张，一生成败，在此一举。三天"打炮"提心吊胆。没有想到，一"炮"而红。他第一次听到台下的掌声，好像在做梦。第三天《恶虎村》，出来就有碰头好。以后"四记头"亮相，都有掌声。他扮相好，身上规矩，在台上很有人缘。他也的确是"卯上"了。经过了生活上的一番波折，他这才真正懂得在进科班时他妈跟他说的话："要肚里长牙"。他在台上从不偷工惜力，他深深知道把戏唱砸了，出溜下来，会有什么后果。他的戏码逐渐往后挪，从开场头一二出挪到中间，又挪到了倒第二。他很知足了，这就到了头。在科班时他就知道自己唱不了大轴，不是那材料。一个人能吃几碗干饭，自己清楚，别人也清楚。

杨科长常去看京剧团的戏。一半由于职务，一半出于爱好。

他万万没有想到，她后来竟成了他的爱人。

郭庆春在阳台上忽然一个人失声笑了出来。他的女儿在屋里问："爸爸，你笑什么？"

他笑他们那个讲习会。市里举办了第一届全市旧艺人讲习会。局长是主任，杨科长是副主任。讲《新民主主义论》、社会发展史、政治经济学。小组讨论，真是笑话百出。杨科长一次在讲课时说："列宁说过……"一个拉胡琴的老艺人问，"列宁是唱什么的？"——"列宁不是唱戏的。"——"哦，不是唱戏的，那咱们不知道。"又有一次，杨科长鼓励大家要有主人翁思想，这位老艺人没有听明白前言后语，站起来说："咱们是从旧社会来的，什么坏思想都有，就这主人翁思想，咱没有！"原来他以为主人翁思想就是想当班主的思想。

讲习会要发展一批党员。郭庆春被列为培养对象。杨科长时常找他个别谈话。鼓励他建立革命人生观，提高阶级觉悟，提高政治水平，要在政治上有表现，会上积极发言。郭庆春很认真也很诚恳地照办了。他大小会都发言。讲的最多的是新旧社会对比。他有切身感受，无须准备，讲得很真实，很生动。同行的艺人多有类似经历，容易产生共鸣。讲的人、听的人个个热泪盈眶，效果很好。讲习会结业时，讨论发展党员名单，他因为出身好，政治表现突出，很顺利地通过了。他的入党介绍人是杨科长和局长。

第一批发展的党员，回到剧团，全都成了剧团的骨干。郭庆春被提升为副团长、艺委会主任。

因为时常要到局里请示汇报工作，他和杨科长接触的机会就更多了。熟了，就不那么拘谨了，有时也说点笑话，聊点闲天。局里很多人叫杨科长杨大姐或大姐，郭庆春也随着叫。虽然叫大姐，他还是觉得大姐很有男子气。

没想到，大姐提出要跟他结婚，他目瞪口呆，结结巴巴，不知说什么好。他觉得和一个领导结婚，简直有点乱伦的味道，他想也没有想过。天地良心，他在大姐面前从来没有起过邪念。他当然同意。

杨科长的老战友们听说她结了婚，很诧异。听说是和一个京剧演员结婚，尤其诧异。他们想：她这是图什么呢？她喜欢他什么？

虽然结了婚，他们的关系还是上下级。不论是在工作上，在家里，她是领导，他是被领导。他习惯于"服从命令听指挥"，觉得这样很舒服，很幸福。

杨科长是个目光远大的人，她得给庆春（和她自己）安排一个远景规划的蓝图。庆春目前一切都很顺利，但要看到下一步。唱武生的，能在台上蹦跶多少年呢？照戏班里的说法，要找一个"落劲"。中央戏剧学院举办导演训练班，学员由各省推荐。市里分到一个名额，杨科长提出给郭庆春，科里、局里都同意。郭庆春在导演训练班学了两年，听过苏联专家的课，比较系统地知道斯坦尼斯拉夫斯基体系。毕业之后，回到剧团，大家自然刮目相看。这个剧团原来没有导演，要排新戏，排《三打祝家庄》《红娘子》，不是向外地剧团学，"刻模子"，就是请话剧团的导演来排。郭庆春学成归来，就成了专职导演。剧团里的人，有人希望他露两手，有人等着看他的笑话。接连排了两个戏，他全"拿"下来了。他并没有用一些斯坦尼的术语去唬人，他知道那样会招人反感。他用一些戏曲演员所熟悉，所能接受的行话临场指挥。比如，他不说"交流"，却说"过电"，——"你们俩得过电哪！"他不说什么"情绪的记忆"这样很玄妙的词儿，他只说是"神气"。"你要长神气。——长一点，再长一点！"他用的舞台调度也无非还是斜胡同、蛇蜕皮……但是变了一下，就使得演员既"过得去""走得上来"，又觉得新鲜。郭导演的威信建立起来了。从此，他不上舞台了。有时，有演员病了，他上去顶一角，人们就要竖起大拇指："瞧人家郭导演，不拿导演架子！好样儿的！"

不但在本剧团，外剧团也常请他。京剧、评剧、梆子，他全导过。一通百通，应付裕如。他导的戏，已经不止一出拍成了戏曲艺术片。郭庆春三个字印在影片的片头，街头的广告上。

他不会再卖西瓜，卖柿子了。

他曾经两次参加戏剧代表团出国，到过东欧、苏联，到过朝鲜。他听了曾经出过国的师哥的建议，带了一包五香粉，一盒固体酱油，于是什么高加索烤羊肉、带血的煎牛排，他都能对付。他很想带一罐臭豆腐，经同行团员的劝阻，才没有带。量服装的时候，问他大衣要什么料子，他毫不迟疑地说："长毛绒！"服装厂的同志说在外国，男人没有穿长毛绒的，这才改为海军呢。

他在国外照了好多照片，黑白的，还有彩色的。他的爱人一张一张地贴在仿古缎面的相册上。这些照片上的郭庆春全都是器宇轩昂，很像个大导演。

由于爱人的活动（通过各种"老战友"的关系），他已经调到北京的剧团来了。他的母亲还健在。他的弟弟由于他的资助，上了学，现在在一家工厂当出纳。他有了一个女儿，已经上小学了。他有一套三居室的单元。他在剧团里自然也有气儿不顺的时候：为一个戏置景置装的费用、演员的"人位"和领导争得面红耳赤，摔门，拍桌子；偶尔有很"个"的演员调皮捣蛋"吊腰子"，当面顶撞，出言不逊，气得他要休克，但是这样的时候不多，一年也只有七八次。总的说来，一切都很顺利。他对自己的生活很满意。因为满意，就没有理由不发胖，于是就发胖了。

他的感情是平稳的、柔软的、滑润的，像一块奶油（从国外回来，他养成爱吃奶油的习惯）。

今天遇见了一件事，使他的情绪有一点小小的波动。

剧团招收学员，他是主考。排练厅里摆了一张乒乓球案子，几把椅子。他坐在正中的一把上，像当初他进科班时被教师考察一样，一个一个考察着来应试的男孩子、女孩子。看看他们的相貌，体格，叫他们唱两句，拉一个山膀，踢踢腿，——来应试的孩子多半在家里请人教过，都能唱几句，走几个"身上"。然后在名单上用铅笔做一些记号。来应试的女孩子里有一个叫于小玲。这孩子一走出来，郭庆春就一愣，这孩子长得太像一个人了。他有点走神。于小玲的唱（她唱的是"苏三离了洪洞县"），所走的"身子"，他都没有认真地听、看，名单上于小玲的名字底下，什么记号也没有做。

学员都考完了，于小玲往外走。郭庆春叫住她：

"于小玲。"

于小玲站住：

"您叫我？"

"……你妈姓什么？"

"姓许。"

没错，是许招弟的女儿。

"你爸爸……对，姓于，他还好吗？"

"我爸死了，有五年了。"

"你妈挺好？"

"还可以。"

"……她还是那样吗？"

"您认得我妈？"

"认得。"

"我妈就在外面。妈——！"

于小玲走出排练厅，郭庆春也跟着走出来。

迎面走过来许招弟。

许招弟还那样，只是憔悴瘦削，显老了。

"妈，这是郭导演。"

许招弟看着郭庆春，很客气地称呼一声：

"郭导演！"

郭庆春不知怎么称呼她好，也不能像小时候一样叫她招弟，只好含含糊糊地应了一声，问道：

"您倒好？"

"还凑合。"

"多年不见了。"

"有年头了。——这孩子，您多关照。"

"她不错。条件挺好。"

"回见啦！"

"回见！"

许招弟领着女儿转身走了。郭庆春看见她耳垂后面那颗红痣，有些怅惘。

以上，是京剧导演郭庆春在晚饭之后，微醺之中，闻着一阵一阵的马缨花的香味时所想的一些事。想的时候自然是飘飘忽忽，断断续续的。如果用意识流方法照实地记录下来，将会很长。为省篇幅，只能挑挑拣拣，加以剪裁，简单地勾出一个轮廓。

郭导演想：……一个人走过的路真是很难预料。如果不是解放了，他会是什么样子呢？也许还是卖西瓜、卖柿子、拉菜车？……如果他出科时不倒仓，又会是什么样子呢？也许他就唱红了，也许就会和许招弟结了婚。那么于小玲就会是他的女儿，她会不姓于，而姓郭？……

他正在这样漫无边际地想下去，他的女儿在屋里娇声喊道：

"爸，你进来，我要你！"

正好夹在手里的大前门已经吸完，烟头烧痛了他的手指，他把烟头往楼下的马缨花树帽上一扔，进屋去了。

第二天，郭导演上午导了一场戏，中午，几个小青年拉他去挑西瓜。

"郭导演，给我们挑一个瓜。"

"去一边去！当导演的还管挑西瓜呀！"

但还是被他们连推带拽地去了。他站在一堆西瓜前面巡视一下，挑了一个，用右手大拇指按在瓜皮上，用力往前一蹭，放在耳朵边听一听，轻轻拍一下：

"就这个！保证脆沙瓤。生了，娄了，我给钱！"

他抄起案子上的西瓜刀，一刀切过去，只听见喀嚓一声，瓜裂开了：薄皮、红瓤、黑籽。

卖瓜的惊奇地问：

“您卖过瓜？”

“我卖瓜的那阵，还没有你哪！哈哈哈哈……”

他大笑着走回剧团。谁也不知道他的笑声里包含了多少东西。

过了几天，招考学员发了榜，于小玲考取了。人们都说，是郭导演给她使了劲。

三列马

"三"是《三国演义》，"列"是《东周列国志》，"马"是马克思主义。

耿四喜是梨园世家，几代都是吃戏饭的。他父亲是在科班抄功，他善于抄功，还善于"打通堂"。科班里的孩子嘴馋，有的很调皮，把老板放在冰箱里的烧鸡偷出来，撕巴撕巴吃了，老板知道了，"打通堂！"一个孩子在台上尿了裤子，"打通堂！"耿四喜的父亲在鼻窝里用鼻烟抹了个蝴蝶，用一条大白手绢缠了手腕，叫学生挨个儿趴在板凳上，把供在祖师爷牌位前的板子"请"下来，一人五板或十板。用手绢缠腕子是防备把腕子闪了。每人每板，都一样轻重，不偏不向，打得很有节奏。打完一个，提上裤子走人，"下一个！"这些孩子挨打次数多了，有了经验，姿势都很准确利落。"打通堂"培养了他们的同学意识，觉得很甘美。日后长大了，聚在一起，还津津乐道，哪次怎么挨的打，然后举杯共进一杯二锅头："干！"

耿四喜是个"人物"。

他长得跟他父亲完全一样，四楞子脑袋，大鼻子，阔嘴，浑身肌肉都很结实，脚也像。这双脚宽，厚，筋骨突出，看起来不大像人脚，像一种什么兽物的蹄子。他走路脚步重，抓着地走。凡是"练家"都是这样走，十趾抓地。他很能吃，如《西游记》所说"食肠大"。早点四两包子，两碗炒肝；中午半斤猪头肉，一斤烙饼；晚上少一点，喝两大碗棒子粥就得。

他学的是武花脸，能唱《白水滩》这样的摔打戏，也演过几场，但是台上不是样儿，上下身不合，"山东胳臂直隶腿"，以后就一直没有演出。剧团成立了学员班，他当了学员班抄功的老师。几代家学，抄功很有经验。他说话有个特点，爱用成语，而且把成语的最后一个字甚至几个字"歇"掉。学员练功，他总要说几句话勉励动员：

"同学们，你们都是含苞待，将来都有锦绣前。这练功，一定要硬砍实，可不能偷工减。现在要是少壮不，将来可就要老大徒啦！踢腿！——走！"

他爱瞧书，《三国演义》《东周列国志》看得很熟。京剧界把《三国演义》和《东周列国志》合称为"三列国"。三国戏和列国戏很多，不少人常看这两部书，但是看得像耿四喜这样滚瓜烂熟、倒背如流的，全团无第二人。提出"三列国"上的大小问题，想考耿四喜，绝对考不倒！全团对他都很佩服，送了他一个外号："耿三列"。没事时常有人围着要他讲一段，耿四喜于是绘声绘色，口若悬河，不打一个"唉儿"，一讲半天。于是耿四喜除了"耿三列"之外，还博得另一个外号："耿大学问"。

"文化大革命"，天下大乱，一塌糊涂。成立了很多"战斗组"。几个人一捏咕，起一个组名："红长缨""东方红""追穷寇"……找一间屋子，门外贴出一条浓墨大字，就可以占山为王，革起命来：勒令"黑帮"交代问题，写大字报，违反宪法，闯入民宅，翻箱倒柜，搜查罪证。耿四喜也成立了一个战斗组。他的战斗组的名字随时改变，但大都有个"独"字："独立寒秋战斗组""风景这边独好战斗组"，因为他的战斗组只有他一个人，他既是组长，又是组员。他不需要扩大队伍，增长势力。后来"革命群众"逐渐形成两大派，天天打派仗，他哪一派也不参加，自称"不顺南不顺北战士"。北京有一句土话，叫作"骑着城墙骂鞑子——不顺南不顺北"。不过斗黑帮的会，不论是哪一派召开的，他倒都参加的。同仇敌忾，义愤填膺，口沫横飞，声色俱厉。他斗黑帮永远只是一句话，黑帮交代问题，他总是说："说那没用！说你们是怎么黑的！"

中国的"革命"也真是怪，先给犯错误、有问题的人定了性，确立了罪名，然后发动群众，对"分子"围攻，迫使"有"问题的人自己承认各种莫须有的问题，轮番轰炸，疲劳战术，"七斗八斗"，斗得"该人"心力交瘁，只好胡说八道，把自己说成狗屎堆，才休会一两天，听候处理。这种办法叫作"搞运动"。这大概是中国的一大发明。

黑帮对耿四喜还真有点怵。不是怕他大喊大叫，而是怕他的"单个教练"。他每天晚上提出一个黑帮，给他们轮流讲马列主义。他喝了三两二锅头、一瓶啤酒，就到"牛棚"门外叫："×××，出来！"这×××就很听话地随着他到他的战斗组，耿四喜就给他一个人讲马列主义，这叫"单个教练"。耿四喜坐着，黑帮站着。每次讲一个小时，十二点开始，一点下课。耿四喜真是个"大学问"，他把十二本"干部必读"都精读了一遍，"剩余价值论""政治经济学""上层建筑与经济基础"……都能讲得下来。《矛盾论》《实践论》更不在话下。他讲马列主义也是爱用歇后语："剩余价""上层建""经济基"……

因为耿四喜熟读马列主义经典著作，使剧团很多人更加五体投地，他们把他的外号"耿三列"修改了一下，变成了"三列马"。

"文化大革命"结束后，耿四喜调到戏校抄功，他说话还是爱用歇后语。

耿四喜忽然死了，大面积心肌梗塞，抢救无效，呜呼哀哉了。

开追悼会时，火葬场把蒙着他的白布单盖横了，露出他的两只像某种兽物的蹄子的脚，颜色发黄。

一九九六年八月十四日

大尾巴猫

　　"文化大革命"调动了很多人出奇的洞察力和想象力，每天都产生各色各样的反革命事件和新闻。华君武画过一张漫画，画两位爱说空话的先生没完没了地长谈，从黑胡子聊到白胡子拖地，还在聊。有人看出一老的枕头上的皱褶很像国民党的党徽，——反革命！有人从小说《欧阳海之歌》的封面下面的丛草的线条中寻出一条反革命标语："蒋介石万岁！"有人从塑料凉鞋的鞋底的压纹里认出一个"毛"字，越看越像。风声鹤唳，草木皆兵，神经过敏，疑神见鬼。有人上班，不干别的事，就传播听信这种莫须有的谣言，并希望自己也能发现奇迹，好立一功。剧团的造反派的头头郝大锣（他是打大锣的）听到这些新闻，慨然叹曰："咱们为什么就不能发现这样的问题呢！"他曾希望，"'文化大革命'胜利了，咱们还不都弄个局长、处长的当当？"他把希望寄托在挖出反革命上，但是暂时还没有。

　　剧团有个音乐设计，姓范名宜之，他是文工团出身，没有受过正规的音乐训练。他对京剧不熟，不能创腔，只能写一点序幕和幕间曲，也没有什么特点，不好听。演员挖苦他，说他写的曲子像杂技团耍坛子的。他气得不行，说："下回我再写个耍盘子的！"他才能平庸，但是很不服气。他郁郁不得志，很想做出一点什么事，一鸣惊人。业务上不受尊重，政治上求发展。他整天翻看报纸文件，想从字里行间揪出一个反革命。——他揪出来了！

剧团有个编剧，名齐卓人，把《聊斋志异》的《小翠》改编成剧本，故事大体如下：御史王煦，生有一子，名唤元丰，是个傻子。一只小狐狸在王煦家后花园树杈上睡着了。王煦的紧邻太师王濬是个奸臣。王濬的儿子很调皮，他用弹弓对小狐狸打了一弹，小狐狸腿上受伤，跌在地上。王元丰虽然呆傻，但很善良，很爱小动物，就把小狐狸抱到前堂，给它裹伤敷药，他说这是一只猫。僮儿八哥说："这不是猫，你瞧它是尖嘴。"王元丰说："尖嘴猫！"八哥又说："它是个大尾巴！"元丰说："大尾巴猫！"八哥说他认死理儿，"猫定了"，毫无办法。（下略）

范宜之双眼一亮："'大尾巴猫'说的是什么？这不是反革命是什么？"他拿了油印的剧本去找郝大锣，郝大锣听了范宜之的分析，大叫了一声："好！"范宜之洋洋得意，郝大锣欣喜若狂。当即召集各战斗组小组长开紧急会议，布置战斗任务，连夜赶写大字报，准备批斗发言。

大字报铺天盖地，批斗会大喊大叫。一开头齐卓人真有点招架不住：这是无中生有，胡说八道！有一个编导，是个老剧人了，齐卓人希望他出来说几句公道话，说文艺作品不能这样牵强附会地分析，不料他不但不支持公道，反而火上加油，用绍兴师爷的手法，离开事实，架空立论。他是写过杂文的，用笔极其毒辣。齐卓人叫他气得咬牙出血，要跟他赌一个手指头：只要他说一句，他说的话都不是违背良心的，齐卓人愿意当众剁下左手的小拇指，挂在门框上！造反派要审查《小翠》的原稿，原稿找不到。造反派说他把原稿藏起来了，毁了。齐卓人急得要跳楼。其实原稿早就交给资料室收进艺术档案了，可是资料员就是不说。问他为什么不说，他说他不敢！"文化大革命"大部分"战士"都是这样：气壮如牛，胆小如鼠，只求自保，不问良心。开了几次批判会，有个"牛棚"里的"难友"是个"老运动员"，从延安时期就一直不断挨整，至今安然无恙，给齐卓人传授了一条经验：自我批判，可以把自个儿臭骂一通，事实寸步不让，不能瞎交代，那样会造成无穷的麻烦。齐卓人心领神会。每次开批判会，都很沉痛，但都是空话，而且是车轱辘话来回转，把一点背景、过程重新安排组织，一二三四五是一篇，五四三二一又是一篇。而且他看透郝大锣、范宜之都是在那里唱《空城计》，只是穷咋唬，手里一点真实材料没有（也不可能有），批判会实际上是空对空。批判会开的次数多了，齐卓人已经厌烦，最后一次，他带了两页横格纸，还挟了一本《辞海》，走上被告席，说："郝大锣同志，范宜之同志，咱们把话挑明了，你们的意思无非是说'大尾巴猫'指的是毛主席，你们真是研究象形文字的专家。我希望你们把你们的意思都写下来。为了省事，我给你们写了一个初稿：

> 我们认为《小翠》一剧中写的'大尾巴猫'指的是伟大领袖毛主席！如有诬告不实，愿受'反坐'之责，恐后无凭，立此存照。郝大锣，范宜之。
>
> 月 日

“你们知道什么叫‘反坐’吗？请翻到《辞海》605页：

> 反坐，法律用语，指按诬告别人的罪名对诬告人实行惩罚。如诬告他人杀人者，以杀人罪反坐。

“请你们在这两页纸上签一个名。”

郝大锣、范宜之面面相觑，不知道怎么办。

齐卓人扫视在场“革命群众”，问：“大家还有什么意见没有？没有，我建议散会。”

事情已经过了好几年，剧团演职员有时还会聊起旧事，范宜之看到周围的许多眼睛，讪讪地说：“……那个时候嘛！”

郝大锣没有当上局长，倒得了小脑萎缩，对过去的事什么也想不起来了。

一九九六年八月十三日

去年属马

造反派到我家去抄家，名义上是帮助我"破四旧"，实际上是搜查反革命罪证。夏构丕蹬了一辆平板三轮随队前往。我拿钥匙开了门，请他们随便检查。造反派到处乱翻，夏构丕拿了我的一个剧本仔仔细细地看。我有点紧张，怕他鸡蛋里挑骨头，找出什么反革命的问题。还好，他逐字逐句看过，把剧本还给了我。

第二天上班，我向牛棚里的战友说起夏构丕检查我的剧本时的紧张心情，几位"难友"齐说："嘻！你紧张什么？他不识字！"

我渐渐了解夏构丕的身世。他是山西人，不知道父亲母亲是谁，是个流浪孤儿，靠讨吃为生。后来在阎锡山队伍上当了几天兵。新兵造花名册，问他："姓什么？"——"夏！""叫什么？"他说："知不道。"——"一个人连自己的名字都不知道，真是狗屁！你就叫夏狗屁吧！"他叫了几年夏狗屁。八路军打下了太原，夏狗屁被俘虏过来，成了"解放战士"。解放战士照例也要登记填表，人事干部问他叫什么，"夏狗屁。"——"夏狗屁？"人事干部觉得这名字实在不像话，就给他改成"夏构丕"——"多大岁数?"——"知不道"——
"那你属什么?"——"去年属马。"人事干部只好看看他的
貌相,在"年龄"一栏里估摸着填了一个数目。

夏构丕在"三分队"干杂活,扛衣箱,挂大幕,很卖块儿。

一晃几年,有一天上班他忽然异常兴奋,大声喊叫:"同
志们,同志们,以后咱们吃炸油饼可以不交油票了!"(那时
买油饼需交油票)

"为什么?"

"大庆油田出油了!"

"大庆的油可不能炸油饼!"

"咋啦?"

又有一次,他又异常兴奋地走进战斗组,大声说:"刘少
奇真坏!"

"他怎么又真坏了?"

"他又改了名字了!"

"改成了什么?"

"他又改名叫'刘邓陶'啦!"

夏构丕成了红人,各战斗组都想吸收他。为什么呢?因为
他去年属马。

一九九六年八月十七日

去年属马

散文

国子监

　　为了写国子监，我到国子监去逛了一趟，不得要领。从首都图书馆抱了几十本书回来，看了几天，看得眼花气闷，而所得不多。后来，我去找了一个"老"朋友聊了两个晚上，倒像是明白了不少事情。我这朋友世代在国子监当差，"侍候"过翁同龢、陆润庠、王垿等祭酒，给新科状元打过"状元及第"的旗，国子监生人，今年七十三岁，姓董。

　　国子监，就是从前的大学。

　　这个地方原先是什么样子，没法知道了（也许是一片荒郊）。立为国子监，是在元代迁都大都以后，至元二十四年（一二八八年），距今约已七百年。

　　元代的遗迹，已经难于查考。给这段时间作证的，有两棵老树：一棵槐树，一棵柏树。一在彝伦堂前，一在大成殿阶下。据说，这都是元朝的第一任国立大学校长——国子监祭酒许衡手植的。柏树至今仍颇顽健，老干横枝，婆娑弄碧，看样子还能再活个几百年。那棵槐树，约有北方常用二号洗衣绿盆粗细，稀稀疏疏地披着几根细瘦的枝条，干枯僵直，全无一点生气，已经老得不成样子了，很难断定它是否还活着。传说它老早就已经死过一次，死了几十年，有一年不知道怎么又活了。这是乾隆年间的事，这年正赶上是慈宁太后的六十"万寿"，嗬，这是大喜事！于是皇上、大臣赋诗作记，还给老槐树画了像，全都刻在石头上，着实热闹了一通。这些石碑，至今犹在。

国子监是学校，除了一些大树和石碑之外，主要的是一些作为大学校舍的建筑。这些建筑的规模大概是明朝的永乐所创建的（大体依据洪武帝在南京所创立的国子监，而规模似不如原来之大），清朝又改建或修改过。其中修建最多的，是那位站在大清帝国极盛的峰顶，喜武功亦好文事的乾隆。

一进国子监的大门——集贤门，是一个黄色琉璃牌楼。牌楼之里是一座十分庞大华丽的建筑。这就是辟雍。这是国子监最中心，最突出的一个建筑。这就是乾隆所创建的。辟雍者，天子之学也。天子之学，到底该是个什么样子，从汉朝以来就众说纷纭，谁也闹不清楚。照现在看起来，是在平地上开出一个正圆的池子，当中留出一块地方的陆地，上面盖起一座十分宏大的四方的大殿，重檐，有两层廊柱，盖黄色琉璃瓦，安一个巨大的镏金顶子，梁柱檐饰，皆朱漆描金，透刻敷彩，看起来像一顶大花轿子似的。辟雍殿四面开门，可以洞启。池上围以白石栏杆，四面有石桥通达。这样的格局是有许多讲究的，这里不必说它。辟雍，是乾隆以前的皇帝就想到要建筑的，但都因为没有水而作罢了（据说天子之学必得有水）。到了乾隆，气魄果然要大些，认为"北京为天下都会，教化所先也，大典缺如，非所以崇儒重道，古与稽而今与居也"（《御制国学新建辟雍圜水工成碑记》）。没有水，那有什么关系！下令打了四口井，从井里把水汲上来，从暗道里注入，通过四个龙头（螭首），喷到白石砌就的水池里，于是石池中涵空照影，泛着潋滟的波光了。二、八月里，祀孔释奠之后，乾隆来了。前面钟楼里撞钟，鼓楼里擂鼓，殿前四个大香炉里烧着檀香，他走入讲台，坐上宝座，讲《大学》或《孝经》一章，叫王公大臣和国子监的学生跪在石池的桥边听着，这个盛典，叫作"临雍"。

这"临雍"的盛典，道光、嘉庆年间，似乎还举行过，到了光绪，据我那朋友老董说，就根本没有这档子事了。大殿里一年难得打扫两回，月牙河（老董管辟雍殿四边的池子叫作四个"月牙河"）里整年是干的，只有在夏天大雨之后，各处的雨水一齐奔到这里面来。这水是死水，那光景是不难想象的。

然而辟雍殿确实是个美丽的、独特的建筑。北京有名的建筑，除了天安门、天坛祈年殿那个蓝色的圆顶、九梁十八柱的故宫角楼，应该数到这顶四方的大花轿。

辟雍之后，正面一间大厅，是彝伦堂，是校长——祭酒和教务长——司业办公的地方。此外有"四厅六堂"，敬一亭，东厢西厢。四厅是教职员办公室。六堂本来应该是教室，但清朝另于国子监斜对门盖了一些房子作为学生住宿进修之所，叫作"南学"（北方戏文动辄说"一到南学去攻书"，指的即是这个地方），六堂作为考场时似更多些。学生的月考、季考在此举行，每科的乡会试也要先在这里考一天，然后才能到贡院下场。

六堂之中原来排列着一套世界上最重的书，这书一页有三四尺宽，七八尺长，一尺许厚，重不知几千斤。这是一套石刻的十三经，是一个老书生蒋衡一手写出来的。据老董说，这是他默出来的！他把这套书献给皇帝，皇帝接受了，刻在国子监中，作为重要的装点。这皇帝，就是高宗纯皇帝乾隆陛下。

国子监碑刻甚多，数量最多的，便是蒋衡所写的经。著名的，旧称有赵松雪临写的"黄庭""乐毅""兰亭定武本"；颜鲁公"争座位"，这几块碑不晓得现在还在不在，我这回未暇查考。不过我觉得最有意思、最值得一看的是明太祖训示太学生的一通敕谕：

恁学生每听着：先前那宗讷做祭酒呵，学规好生严肃，秀才每循规蹈矩，都肯向学，所以教出来的个个中用，朝廷好生得人。后来他善终了，以礼送他回乡安葬，沿路上著有司官祭他。

近年著那老秀才每做祭酒呵，他每都怀着异心，不肯教诲，把宗讷的学规都改坏了，所以生徒全不务学，用著他呵，好生坏事。

如今著那年纪小的秀才官人每来署学事，他定的学规，恁每当依著行。敢有抗拒不服，撒泼皮，违犯学规的，若祭酒来奏著恁呵，都不饶！全家发向烟瘴地面去，或充军，或充吏，或做首领官。

今后学规严紧，若有无籍之徒，敢有似前贴没头帖子，诽谤师长的，许诸人出首，或绑缚将来，赏大银两个。若先前贴了票子，有知道的，或出首，或绑缚将来呵，也一般赏他大银两个。将那犯人凌迟了，枭令在监前，全家抄没，人口发往烟瘴地面。钦此！

这里面有一个血淋淋的故事：明太祖为了要"人才"，对于办学校非常热心。他的办学的政策只有一个字：严。他所委任的第一任国子监祭酒宗讷，就秉承他的意旨，订出许多规条。

待学生非常的残酷，学生曾有饿死吊死的。学生受不了这样的迫害和饥饿，曾经闹过两次学潮。第二次学潮起事的是学生赵麟，出了一张壁报（没头帖子）。太祖闻之，龙颜大怒，把赵麟杀了，并在国子监立一长竿，把他的脑袋挂在上面示众（照明太祖的语言，是"枭令"）。隔了十年，他还忘不了这件事，有一天又召集全体教职员和学生训话。碑上所刻，就是训话的原文。

这些本来是发生在南京国子监的事，怎么北京的国子监也有这么一块碑呢？想必是永乐皇帝觉得他老大人的这通话训得十分精彩，应该垂之久远，所以特在北京又刻了一个复本。是的，这值得一看。他的这篇白话训词比历朝皇帝的"崇儒重道"之类的话都要真实得多，有力得多。

这块碑在国子监仪门外侧右手，很容易找到。碑分上下两截，下截是对工役膳夫的规矩，那更不得了："打五十竹篦"！"处斩"！"割了脚筋"……

历代皇帝虽然都似乎颇为重视国子监，不断地订立了许多学规，但不知道为什么，国子监出的人才并不是那样的多。

《戴斗夜谈》一书中说，北京人已把国子监打入"十可笑"之列：

> 京师相传有十可笑：光禄寺茶汤，太医院药方，神乐观祈禳，武库司刀枪，营缮司作场，养济院衣粮，教坊司婆娘，都察院宪纲，国子监学堂，翰林院文章。

国子监的课业历来似颇为稀松。学生主要的功课是读书、写字、作文。国子监学生——监生的肄业、待遇情况各时期都有变革。到清朝末年，据老董说，是每隔六日作一次文，每一年转堂（升级）一次，六年毕业，学生每月领助学金（膏火）八两。学生毕业之后，大部分发作为县级干部，或为县长（知县）、副县长（县丞），或为教育科长（训导）。另外还有一种特殊的用途，是调到中央去写字（清朝有一个时期光禄寺的面袋都是国子监学生的仿纸做的）。从明朝起就有调国子监善书学生去抄录《实录》的例。明朝的一部大丛书《永乐大典》，清朝的一部更大的丛书《四库丛书》的底稿，那里面的端正严谨（也毫无个性）的馆阁体楷书，有些就是出自国子监高材生的手笔。这种工作，叫作"在誊桌上行走"。

国子监监生的身份不十分为人所看重。从明景泰帝开生员纳栗纳马入监之例以后，国子监的门槛就低了。尔后捐监之风大开，监生就更不值钱了。

国子监是个清高的学府，国子监祭酒是个清贵的官员——京官中，四品而掌印的，只有这么一个。做祭酒的，生活实在颇为清闲，每月只逢六逢一上班，去了之后，当差的在门口喝一声短道，沏上一碗盖碗茶，他到彝伦堂上坐了一阵，给学生出出题目，看看卷子；初一、十五带着学生上大成殿磕头，此外简直没有什么事情。清朝时他们还有两桩特殊任务：一是每年十月初一，率领属官到午门去领来年的黄历；一是遇到日蚀、月蚀，穿了素服去礼部或太常寺去"救护"，但领黄历一年只一次，日蚀、月蚀，更是难得碰到的事。戴璐《藤荫杂记》说此官"清简恬静"，这几个字是下得很恰当的。

但是，一般做官的似乎都对这个差事不大发生兴趣。朝廷似乎也知道这种心理，所以，除了特殊例外，祭酒不上三年就会迁调。这是为什么？因为这个差事没有油水。

查清朝的旧例，祭酒每月的俸银是一百零五两，一年一千二百六十两；外加办公费每月三两，一年三十六两，加在一起，实在不算多。国子监一没人打官司告状，二没有盐税河工可以承揽，没有什么外快。但是毕竟能够养住上上下下的堂官皂役的，赖有相当稳定的银子，这就是每年捐监的手续费。

据朋友老董说，纳监的监生除了要向吏部交一笔钱，领取一张"护照"外，还需向国子监交钱领"监照"——就是大学毕业证书。照例一张监照，交银一两七钱。国子监旧例，积银二百八十两，算一个"字"，按"千字文"数，有一个字算一个字，平均每年约收入五百字上下。我算了算，每年国子监收入的监照银约有十四万两，即每年有八十二三万不经过入学和考试只花钱向国家买证书而取得大学毕业资格——监生的人。原来这是一种比乌鸦还要多的东西！这十四万两银子照国家的规定是不上缴的，由国子监官吏皂役按份摊分，祭酒每一字分十两，那么一年约可收入五千银子，比他的正薪要多得多。其余司业以下各有差。据老董说，连他一个"字"也分五钱八分，一年也从这一项上收入二百八九十两银子！

老董说，国子监还有许多定例。比如，像他，是典籍厅的刷印匠，管给学生"做卷"——印制作文用的红格本子，这事包给了他，每月例领十三两银子。他父亲在时还会这宗手艺，到他时则根本没有学过，只是到大栅栏口买一刀毛边纸，拿到琉璃厂找铺子去印，成本共花三两，剩下十两，是他的。所以，老董说，那年头，手里的钱花不清——烩鸭条才一吊四百钱一卖！至于那几位"堂皂"，就更不得了了！单是每科给应考的举子包"枪手"（这事值得专写一文），就是一笔大财。那时候，当差的都兴喝黄酒，街头巷尾都是黄酒馆，跟茶馆似的，就是专为当差的预备着的。所以，像国子监的差事也都是世袭。这是一宗产业，可以卖，也可以顶出去！

老董的记性极好，我的复述倘无错误，这实在是一宗未见载录的珍贵史料。我所以不惮其烦地缕写出来，用意是在告诉比我更年轻的人，封建时代的经济、财政、人事制度，是一个多么古怪的东西！

国子监，现在已经作为首都图书馆的馆址了。首都图书馆的老底子是头发胡同的北京市图书馆，即原先的通俗图书馆——由于鲁迅先生的倡议而成立，鲁迅先生曾经襄赞其事，并捐赠过书籍的图书馆；前曾移到天坛，因为天坛地点逼仄，又挪到这里了。首都图书馆藏书除原头发胡同的和建国后新买的以外，主要为原来孔德学校和法文图书馆的藏书。就中最具特色，在国内搜藏较富的，是鼓词俗曲。

下水道和孩子

修下水道了。最初，孩子们不知道是怎么一回事，只看见一辆一辆的大汽车开过来，卸下一车一车的石子，鸡蛋大的石子，杏核大的石子，还有沙，温柔的，干净的沙。堆起来，堆起来，堆成一座一座山，把原来的一个空场子变得完全不认得了（他们曾经在这里踢毽子，放风筝，在草窝里找那些尖头的绿蚱蜢——飞起来露出桃红色的翅膜，格格格地响，北京人叫作"卦大扁"……）。原来挺立在场子中间的一棵小枣树只露出了一个头，像是掉到地底下去了。最后，来了一个一个巨大的，大得简直可以当作房子住的水泥筒子。这些水泥筒子有多重啊，它是那么滚圆的，可是放在地下一动都不动。孩子最初只是怯生生地，远远地看着。他们只好走一条新的，弯弯曲曲的小路进出了，不能从场子里的任何方向横穿过去了。没有几天，他们就习惯了。他们觉得这样很好。他们有时要故意到沙堆的边上去踩一脚，在滚落下来的石子上站一站。后来，从有一天起，他们就跑到这些山上去玩起来。这倒不只是因为在这些山旁边只有一个老是披着一件黄布面子的羊皮大衣的人在那里看着，并且总是很温和地微笑着看着他们，问他们姓什么，住在哪一个门里，而是因为他们对这些石子和沙都熟悉了。他们知道这是可以上去玩的，这一点不会有什么妨碍。哦，他们站得多高呀，许多东西看起来都是另外一个样子了。他们看见了许多肩膀和头顶，看见头顶上那些旋。他们看见马拉着车子的时候脖子上的鬃毛怎样一耸一耸地动。他们看见王国俊家的房顶上的瓦楞里嵌着一个皮球（王国俊跟他爸爸搬到新北京去了，前天他们在东安市场还看见过的哩）。他们隔着墙看见他们的妈妈在绳子上晒衣服，看见妈妈的手，看见……终于，有一天，他们跑到这些大圆筒里来玩了。他们在里面穿来穿去，发现、寻找着各种不同的路径。这是桥孔啊，涵洞啊，隧道啊，是地道战啊……他们有时伸出一个黑黑的脑袋来，喊叫一声，又隐没了。他们从薄暗中爬出来，爬到圆筒的顶上来奔跳。最初，他们从一个圆筒上跳到一个圆筒上，要等两只脚一齐站稳，然后再往另一个上面跳，现在，他们连续地跳着，他们的脚和身体已经习惯了这样的弧形的坡面，习惯了这样的运动的节拍，他们在上面飞一般地跳跃着……

（多给孩子们写一点神奇的，惊险的故事吧。）

他们跑着，跳着，他们的心开张着。他们也常常跑到那条已经掘得很深的大沟旁边，挨着木栏，看那些奇奇怪怪的木架子，看在黑洞洞的沟底活动着的工人，看他们穿着长过膝盖的胶皮靴子从里面爬上来，看他们吃东西，吃得那样一大口一大口的，吃得那样香。夜晚，他们看见沟边点起一盏一盏斜角形的红灯。他们知道，这些灯要一直在那里亮着，一直到很深很深的夜里，发着红红的光。他们会很久很久都记得这些灯……

孩子们跑着，跳着，在圆筒上面，在圆筒里面。忽然，有一个孩子在心里惊呼起来："我已经顶到筒子顶了，我没有踮脚！"啊，不知不觉地，这些孩子都长高了！真快呀，孩子！而这些大圆筒子也一个一个地安到深深的沟里去了，孩子们还来得及看到它们的浅灰色的脊背，整整齐齐地，长长地连成了一串，工人叔叔正往沟里填土。

现在，场子里又空了，又是一个新的场子，还是那棵小枣树，挺立着，摇动着枝条。

不久，沟填平了，又是平平的，宽广的，特别平，特别宽的路。但是，孩子们确定地知道，这下面，是下水道。

金岳霖先生

　　西南联大有许多很有趣的教授，金岳霖先生是其中的一位。金先生是我的老师沈从文先生的好朋友。沈先生当面和背后都称他为"老金"。大概时常来往的熟朋友都这样称呼他。关于金先生的事，有一些是沈先生告诉我的。我在《沈从文先生在西南联大》一文中提到过金先生。有些事情在那篇文章里没有写进去，觉得还应该写一写。

　　金先生的样子有点怪。他常年戴着一顶呢帽，进教室也不脱下。每一学年开始，给新的一班学生上课，他的第一句话总是："我的眼睛有毛病，不能摘帽子，并不是对你们不尊重，请原谅。"他的眼睛有什么病，我不知道，只知道怕阳光。因此他的呢帽的前檐压得比较低，脑袋总是微微地仰着。他后来配了一副眼镜，这副眼镜一只的镜片是白的，一只是黑的。这就更怪了。后来在美国讲学期间把眼睛治好了，——好一些了，眼镜也换了，但那微微仰着脑袋的姿态一直还没有改变。他身体相当高大，经常穿一件烟草黄色的麂皮夹克，天冷了就在里面围一条很长的驼色的羊绒围巾。联大的教授穿衣服是各色各样的。闻一多先生有一阵穿一件式样过时的灰色旧夹袍，是一个亲戚送给他的，领子很高，袖口极窄。联大有一次在龙云的长子、蒋介石的干儿子龙绳武家里开校友会，——龙云的长媳是清华校友，闻先生在会上大骂："蒋介石，王八蛋！混蛋！"那天穿的就是这件高领窄袖的旧夹袍。朱自清先生有一阵披着一件云南赶马人穿的蓝色毡子的一口钟。除了体育教员，教授里穿夹克的，好像只有金先生一个人。他的眼神即使是到美国治了后也还是不大好，走起路来有点深一脚浅一脚。他就这样穿着黄夹克，微仰着脑袋，深一脚浅一脚地在联大新校舍的一条土路上走着。

金先生教逻辑。逻辑是西南联大规定文学院一年级学生的必修课，班上学生很多，上课在大教室，坐得满满的。在中学里没有听说有逻辑这门学问，大一的学生对这课很有兴趣。金先生上课有时要提问，那么多学生，他不能都叫得上名字来，——联大是没有点名册的，他有时一上课就宣布："今天，穿红毛衣的女同学回答问题。"于是所有穿红衣的女同学就都有点紧张，又有点兴奋。那时联大女生在蓝阴丹士林旗袍外面套一件红毛衣成了一种风气。——穿蓝毛衣、黄毛衣的极少。问题回答得流利清楚，也是件出风头的事。金先生很注意地听着，完了，说："Yes！请坐！"

学生也可以提出问题，请金先生解答。学生提的问题深浅不一，金先生有问必答，很耐心。有一个华侨同学叫林国达，操广东普通话，最爱提问题，问题大都奇奇怪怪。他大概觉得逻辑这门学问是挺"玄"的，应该提点怪问题。有一次他又站起来提了一个怪问题，金先生想了一想，说："林国达同学，我问你一个问题：'Mr. 林国达 is perpendicular to the blackboard（林国达君垂直于黑板），这是什么意思？'"

林国达傻了。林国达当然无法垂直于黑板，但这句话在逻辑上没有错误。

林国达游泳淹死了。金先生上课，说："林国达死了，很不幸。"这一堂课，金先生一直没有笑容。

有一个同学，大概是陈蕴珍，即萧珊，曾问过金先生："您为什么要搞逻辑？"逻辑课的前一半讲三段论，大前提、小前提、结论、周延、不周延、归纳、演绎……还比较有意思。后半部全是符号，简直像高等数学。她的意思是：这种学问多么枯燥！金先生的回答是："我觉得它很好玩。"

除了文学院大一学生必修课逻辑，金先生还开了一门"符号逻辑"，是选修课。这门学问对我来说简直是天书。选这门课的人很少，教室里只有几个人。学生里最突出的是王浩。金先生讲着讲着，有时会停下来，问："王浩，你以为如何？"这堂课就成了他们师生二人的对话。王浩现在在美国。前些年写了一篇关于金先生的较长的文章，大概是论金先生之学的，我没有见到。

王浩和我是相当熟的。他有个要好的朋友王景鹤，和我同在昆明黄土坡一个中学教书，王浩常来玩。来了，常打篮球。大都是吃了午饭就打。王浩管吃了饭就打球叫"练盲肠"。王浩的相貌颇"土"，脑袋很大，剪了一个光头，——联大同学剪光头的很少，说话带山东口音。他现在成了洋人——美籍华人，国际知名的学者，我实在想象不出他现在是什么样子。前年他回国讲学，托一个同学要我给他画一张画。我给他画了几个青头菌、牛肝菌，一根大葱，两头蒜，还有一块很大的宣威火腿。——火腿是很少入画的。我在画上题了几句话，有一句是"以慰王浩异国乡情"。王浩的学问，原来是师承金先生的。

一个人一生哪怕只教出一个好学生，也值得了。当然，金先生的好学生不止一个人。

金先生是研究哲学的，但是他看了很多小说。从普鲁斯特到福尔摩斯，都看。听说他很爱看平江不肖生的《江湖奇侠传》。有几个联大同学住在金鸡巷。陈蕴珍、王树藏、刘北汜、施载宣（萧荻）。楼上有一间小客厅。沈先生有时拉一个熟人去给少数爱好文学、写写东西的同学讲一点什么。金先生有一次也被拉了去。他讲的题目是《小说和哲学》。题目是沈先生给他出的。大家以为金先生一定会讲出一番道理。不料金先生讲了半天，结论却是：小说和哲学没有关系。有人问：那《红楼梦》呢？金先生说："红楼梦里的哲学不是哲学。"他讲着讲着，忽然停下来："对不起，我这里有个小动物。"他把右手伸进后脖颈，捉出了一个跳蚤，捏在手指里看看，甚为得意。

金先生是个单身汉（联大教授里不少光棍，杨振声先生曾写过一篇游戏文章《释鳏》，在教授间传阅），无儿无女，但是过得自得其乐。他养了一只很大的斗鸡（云南出斗鸡）。这只斗鸡能把脖子伸上来，和金先生一个桌子吃饭。他到处搜罗大梨、大石榴，拿去和别的教授的孩子比赛。比输了，就把梨或石榴送给他的小朋友，他再去买。

金先生朋友很多，除了哲学系的教授外，时常来往的，据我所知，有梁思成、林徽因夫妇，沈从文，张奚若……君子之交淡如水，坐定之后，清茶一杯，闲话片刻而已。金先生对林徽因的谈吐才华，十分欣赏。现在的年轻人多不知道林徽因。她是学建筑的，但是对文学的趣味极高，精于鉴赏，所写的诗和小说，如《窗子以外》《九十九度中》，风格清新，一时无二。林徽因死后，有一年，金先生在北京饭店请了一次客，老朋友收到通知，都纳闷：老金为什么请客？到了之后，金先生才宣布："今天是徽因的生日。"

金先生晚年深居简出。毛主席曾经对他说："你要接触接触社会。"金先生已经八十岁了，怎么接触社会呢？他就和一个蹬平板三轮车的约好，每天蹬着他到王府井一带转一大圈。我想象金先生坐在平板三轮上东张西望，那情景一定非常有趣。王府井人挤人，熙熙攘攘，谁也不会知道这位东张西望的老人是一位一肚子学问，为人天真、热爱生活的大哲学家。

金先生治学精深，而著作不多。除了一本大学丛书里的《逻辑》，我所知道的，还有一本《论道》。其余还有什么，我不清楚，须问王浩。

我对金先生所知甚少，希望熟知金先生的人把金先生好好写一写。

联大的许多教授都应该有人好好地写一写。

一九八七年二月二十三日

老舍先生

北京东城遒兹府丰富胡同有一座小院。走进这座小院，就觉得特别安静、异常豁亮。这院子似乎经常布满阳光。院里有两棵不大的柿子树（现在大概已经很大了），到处是花，院里、廊下、屋里，摆得满满的。按季更换，都长得很精神，很滋润，叶子很绿，花开得很旺。这些花都是老舍先生和夫人胡絜青亲自莳弄的。天气晴和，他们把这些花一盆一盆抬到院子里，一身热汗。刮风下雨，又一盆一盆抬进屋，又是一身热汗。老舍先生曾说："花在人养。"老舍先生爱花，真是到了爱花成性的地步，不是可有可无的了。汤显祖曾说他的词曲"俊得江山助"。老舍先生的文章也可以说是"俊得花枝助"。叶浅予曾用白描为老舍先生画像，四面都是花，老舍先生坐在百花丛中的藤椅里，微仰着头，意态悠远。这张画不是写实，意思恰好。

客人被让进了北屋当中的客厅，老舍先生就从西边的一间屋子走出来。这是老舍先生的书房兼卧室。里面陈设很简单，一桌、一椅、一榻。老舍先生腰不好，习惯睡硬床。老舍先生是文雅的、彬彬有礼的。他的握手是轻轻的，但是很亲切。

茶已经沏出色了，老舍先生执壶为客人倒茶。据我的印象，老舍先生总是自己给客人倒茶的。

老舍先生爱喝茶，喝得很勤，而且很酽。他曾告诉我，到莫斯科去开会，旅馆里倒是为他特备了一只暖壶。可是他沏了茶，刚喝了几口，一转眼，服务员就给倒了。"他们不知道，中国人是一天到晚喝茶的！"

有时候，老舍先生正在工作，请客人稍候，你也不会觉得闷得慌。你可以看看花。如果是夏天，就可以闻到一阵一阵香白杏的甜香味儿。一大盘香白杏放在条案上，那是专门为了闻香而摆设的。你还可以站起来看看西壁上挂的画。

老舍先生藏画甚富，大都是精品。所藏齐白石的画可谓"绝品"。壁上所挂的画是时常更换的。挂的时间较久的，是白石老人应老舍点题而画的四幅屏。其中一幅是很多人在文章里提到过的"蛙声十里出山泉"。"蛙声"如何画？白石老人只画了一脉活泼的流泉，两旁是乌黑的石崖，画的下端画了几只摆尾的蝌蚪。画刚刚裱起来时，我上老舍先生家去，老舍先生对白石老人的设想赞叹不止。

老舍先生极其爱重齐白石，谈起来时总是充满感情。我所知道的一点白石老人的逸事，大都是从老舍先生那里听来的。老舍先生谈这四幅里原来点的题有一句是苏曼殊的诗（是哪一句我忘记了），要求画卷心的芭蕉。老人踌躇了很久，终于没有应命，因为他想不起芭蕉的心是左旋还是右旋的了，不能胡画。老舍先生说："老人是认真的。"老舍先生谈起过，有一次要拍齐白石的画的电影，想要他拿出几张得意的画来，老人说："没有！"后来由他的学生再三说服动员，他才从画案的隙缝中取出一卷（他是木匠出身，他的画案有他自制的"消息"），外面裹着好几层报纸，写着四个大字："此是废纸。"打开一看，都是惊人的杰作，——就是后来纪录片里所拍摄的。白石老人家里人口很多，每天煮饭的米都是老人亲自量，用一个香烟罐头。"一下、两下、三下……行了！"——"再添一点，再添一点！"——"吃那么多呀！"有人曾提出把老人接出来住，这么大岁数了，不要再操心这样的家庭琐事了。老舍先生知道了，给拦了，说："别！他这么着惯了。不叫他干这些，他就活不成了。"老舍先生的意见表现了他对人的理解，对一个人生活习惯的尊重，同时也表现了对白石老人真正的关怀。

老舍先生很好客，每天下午，来访的客人不断。作家，画家，戏曲、曲艺演员……老舍先生都是以礼相待，谈得很投机。

每年，老舍先生要把市文联的同人约到家里聚两次。一次是菊花开的时候，赏菊。一次是他的生日，——我记得是腊月二十三。酒菜丰盛，而有特点。酒是"敞开供应"，汾酒、竹叶青、伏特卡，愿意喝什么喝什么，能喝多少喝多少。有一次很郑重地拿出一瓶葡萄酒，说是毛主席送来的，让大家都喝一点。菜是老舍先生亲自掂配的。老舍先生有意叫大家尝尝地道的北京风味。我记得有次有一瓷钵芝麻酱炖黄花鱼，这道菜我从未吃过，以后也再没有吃过。老舍家的芥末墩是我吃过的最好的芥末墩！有一年，他特意订了两大盒"盒子菜"。直径三尺许的朱红扁圆漆盒，里面分开若干格，装的不过是火腿、腊鸭、小肚、口条之类的切片，但都很精致。熬白菜端上来了，老舍先生举起筷子："来来来！这才是真正的好东西！"

老舍先生对他下面的干部很了解，也很爱护。当时市文联的干部不多，老舍先生对每个人都相当清楚。他不看干部的档案，也从不找人"个别谈话"，只是从平常的谈吐中就了解一个人的水平和才气，那是比看档案要准确得多的。老舍先生爱才，对有才华的青年，常常在各种场合称道，"平生不解藏人善，到处逢人说项斯"。而且所用的语言在有些人听起来是有点过甚其词，不留余地的。老舍先生不是那种惯说模棱两可、含糊其词、温吞水一样的官话的人。我在市文联几年，始终感到领导我们的是一位作家。他和我们的关系是前辈和后辈的关系，不是上下级关系。老舍先生这样"作家领导"的作风在市文联留下了很好的影响，大家都平等相处，开诚布公，说话很少顾虑，都有点书生气、书卷气。他的这种领导风格，正是我们今天很多文化单位的领导所缺少的。

老舍先生是市文联的主席，自然也要处理一些"公务"，看文件，开会，做报告（也是由别人起草的）……但是作为一个北京市的文化工作的负责人，他常常想着一些别人没有想到或想不到的问题。

北京解放前有一些盲艺人，他们沿街卖艺，有时还兼带算命，生活很苦。他们的"玩意儿"和睁眼的艺人不全一样。老舍先生和一些盲艺人熟识，提议把这些盲艺人组织起来，使他们的生活有出路，别让他们的"玩意儿"绝了。为了引起各方面的重视，他把盲艺人请到市文联演唱了一次。老舍先生亲自主持，做了介绍，还特烦两位老艺人翟少平、王秀卿唱了一段《当皮箱》。这是一个戏剧性的牌子曲，里面有一个人物是当铺的掌柜，说山西话；有一个牌子叫"鹦哥调"，句尾的和声用喉舌做出有点像母猪拱食的声音，很特别，很逗。这个段子和这个牌子，是睁眼艺人没有的。老舍先生那天显得很兴奋。

北京有一座智化寺，寺里的和尚作法事和别的庙里的不一样，演奏音乐。他们演奏的乐调不同凡响，很古。所用乐谱别人不能识，记谱的符号不是工尺，而是一些奇奇怪怪的笔道。乐器倒也和现在常见的差不多，但主要的乐器却是管。据说这是唐代的"燕乐"。解放后，寺里的和尚多半已经各谋生计了，但还能集拢在一起。老舍先生把他们请来，演奏了一次。音乐界的同志对这堂活着的古乐都很感兴趣。老舍先生为此也感到很兴奋。

《当皮箱》和"燕乐"的下文如何，我就不知道了。

老舍先生是历届北京市人民代表。当人民代表就要替人民说话。以前人民代表大会的文件汇编是把代表提案都印出来的。有一年老舍先生的提案是：希望政府解决芝麻酱的供应问题。那一年北京芝麻酱缺货。老舍先生说："北京人夏天离不开芝麻酱！"不久，北京的油盐店里有芝麻酱卖了，北京人又吃上了香喷喷的麻酱面。

老舍是属于全国人民的，首先是属于北京人的。

一九五四年，我调离北京市文联，以后就很少上老舍先生家里去了。听说他有时还提到我。

一九八四年三月三十日

老　董

> 为了写国子监，我到国子监去逛了一趟，不得要
> 领。从首都图书馆抱了几十本书回来，看了几天，看
> 得眼花气闷，而所得不多。后来，我去找一个"老"
> 朋友聊了两个晚上，倒像是明白了不少事情。我这朋
> 友世代在国子监当差，"侍候"过翁同龢、陆润庠、
> 王垿等祭酒，给新科状元打过"状元及第"的旗，国
> 子监生人，今年七十三岁，姓董。
>
> ——引自《国子监》

我写《国子监》大概是一九五四年，老董如果活着，已经
一百一十岁了。

我认识老董是在午门历史博物馆，时间大概是一九四八年
春末夏初。

老历史博物馆人事简单，馆长以下有两位大学毕业生，一
位是学考古的，一位是学博物馆专业的；一位马先生管仓库，
一位张先生是会计，一个小赵管采购，以上是职员。有八九个
工人。工人大部分是陈列室的看守，看着正殿上的宝座、袁世

凯祭孔时官员穿的道袍不像道袍的古怪服装、没有多大价值的文物。有一个工人是个聋子，专管扫地，扫五凤楼前的大石坪、甬道。聋子爱说话，但是他的话我听不懂，只知道他原先是银行职员，不知道怎样沦为工人了。再有就是老董和他的儿子德启。老董只管掸掸办公室的尘土，拔拔广坪石缝中的草。德启管送信。他每天把一堆信排好次序，"绺一绺道"，跨上自行车出天安门。

老董曾经"阔"过。

据朋友老董说，纳监的监子除了要向吏部交一笔钱，领取一张"护照"外，还需向国子监交钱领"监照"——就是大学毕业证书。照例一张监照，交银一两七钱。国子监旧例，积银二百八十两，算一个"字"，按"千字文"数，有一个字算一个字，平均每年约收入五百字上下。我算了算，每年国子监收入的监照银约有十四万两。……这十四万两银子照国家规定是不上缴的，由国子监官吏皂役按份摊分，……据老董说，连他一个"字"也分五钱八分，一年也从这一项上收入二百八九十两银子！

老董说，国子监还有许多定例。比如，像他，是典籍厅的印刷匠，管给学生"做卷"——印制作文用的红格本子，这事包给了他，每月例领十三两银子。他父亲在时还会这宗手艺，到他时则根本没有学过，只是到大栅栏口买一刀毛边纸，拿到琉璃厂找铺子去印，成本共花三两，剩下十两，是他的。所以，老董说，那年头，手里的钱花不清——烩鸭条才一吊四百钱一卖！

　　　　　　　　　　——引自《国子监》

　　据老董说，他儿子德启娶亲，搭棚办事，摆了三十桌——当然这样的酒席只是"肉上找"，没有海参鱼翅，而且是要收份子的，但总也得花不少钱。

　　他什么时候到历史博物馆来，怎么来的，我没有问过他。到我认识他时，他已经不是"手里的钱花不清"了，吃穿都很紧了。

　　历史博物馆的职工中午大都是回家吃，有的带一顿饭来。带来的大都是棒子面窝头、贴饼子。只有小赵每天都带白面烙饼，用一块屉布包着，显得很"特殊化"。小赵原来打小鼓的出身，家里有点积蓄。

　　老董在馆里住，饭都是自己做。他的饭很简单，凑凑合合，小米饭。上顿没吃完，放一点水再煮煮，拨一点面疙瘩，他说这叫"鱼儿钻沙"。有时也煮一点大米饭。剩饭和面和在一起，擀一擀，烙成饼。这种米饭面饼，我还没见过别人做过。菜，一块熟疙瘩，或是一团干虾酱，咬一口熟疙瘩、干虾酱，吃几口饭。有时也做点熟菜，熬白菜。他说北京好，北京的熬白菜也比别处好吃，——五味神在北京。"五味神"是什么神？我至今没有考查出来。

　　他对这样凑凑合合的一日三餐似乎很"安然"，有时还颇能自我调侃，但是内心深处是个愤世者。生活的下降，他是不会满意的。他的不满，常常会发泄在儿子身上。有时为了一两句话，他忽然暴怒起来，跳到廊子上，跪下来对天叩头："老天爷，你看见了？老天爷，你睁睁眼！"

每逢老董发作的时候，德启都是一声不言语，靠在椅子里，脸色铁青。

别的人，也都不言语。因为知道老董的感情很复杂，无从解劝。

老董没有嗜好。年轻时喝黄酒，但自我认识他起，他滴酒不沾。他也不抽烟。我写了《国子监》，得了一点稿费，因为有些材料是他提供的，我买了一个玛瑙鼻烟壶，烟壶的顶盖是珊瑚的，送给他。他很喜爱。我还送了他一小瓶鼻烟，但是没见他闻过。

一九六〇年（那正是"三年自然灾害"的后期），我到东堂子胡同历史博物馆宿舍去看我的老师沈从文，一进门，听到一个人在传达室里骂大街，一听，是老董：

"我操你们的祖宗！操你八辈的祖奶奶！我八十多岁了，叫我挨饿！操你们的祖宗，操你们的祖奶奶！"

没有人劝。骂就让他骂去吧，一个八十多岁的老人了，谁也不能把他怎么样。

老董经过前清、民国、袁世凯、段祺瑞、北伐、日本、国民党、共产党，他经过的时代太多了。老董如果把他的经历写出来，将是一本非常精彩的回忆录（老董记性极好，哪年哪月，白面多少钱一袋，他都记得一清二楚），这可能是一份珍贵史料——尽管是野史。可惜他没有写，也没有人让他口述记录下来。

一九九三年三月二十日

香港的高楼和北京的大树

香港多高楼，无大树。

中环一带，高楼林立，车如流水。楼多在五六十层以上。因为都很高，所以也显不出哪一座特别突出。建筑材料钢筋水泥已经少见了。飞机钢，合金铝，透亮的玻璃，纯黑的大理石。香港马路窄，无林荫树。寸土如金，无隙地可种树也。

这个城市，五光十色，只是缺少必要的、足够的绿。

半山有树。

山顶有树。

只是似乎没有人注意这些树，欣赏这些树。树被人忽略了。

海洋公园有树，都修剪得很整洁。这里有从世界各地移植来的植物。扶桑花皆如碗大，有深红、浅红、白色的，内地少见。但是游人极少在这些过于鲜明的花木之间留连。到这里来的目的是乘坐"疯狂飞天车"、浪船、"八脚鱼"之类的富于刺激性的、使人晕眩的游乐玩意儿。

我对这些玩意儿全都不敢领教，只是吮吸着可口可乐，看看年轻人乘坐这些玩意儿的兴奋紧张的神情，听他们在危险的瞬间发出的惊呼。我老了。

我坐在酒店的房间里（我在香港极少逛街，张辛欣说我从北京到香港就是换一个地方坐着），想起北京的大树，中山公园、劳动人民文化宫、天坛的柏树，北海的白皮松。

渡海到大屿岛梅窝参加大陆和香港作家的交流营，住了两天。这是香港人度假的地方，很安静。海、沙滩、礁石。错错落落，不很高的建筑。上山的小道。我现在明白了，为什么居住在高度现代化的城市的人需要度假。他们需要暂时离开紧张的生活节奏，需要安静，需要清闲。

古华看看大屿山，两次提出疑问："为什么山上没有大树？"他说："如果有十棵大松树，不要多，有十棵，就大不一样了！"山上是有树的。台湾相思树，枝叶都很美。只是大树确实是没有。

没有古华家乡的大松树。

也没有北京的大柏树、白皮松。

"所谓故国者，非有乔木之谓也。"然而没有乔木，是不成其为故国的。《金瓶梅》潘金莲有言："南京的沈万山，北京的大树，人的名儿，树的影儿。"至少在明朝的时候，北京的大树就有了名了。北京有大树，北京才成其为北京。

回北京，下了飞机，坐在"的士"里，与同车作家谈起香港的速度。司机在前面搭话："北京将来也会有那样的速度的！"他的话不错。北京也是要高度现代化的，会有高速度的。现代化、高速度以后的北京会是什么样子呢？想起那些大树，我就觉得安心了。现代化之后的北京，还会是北京。

人间草木

山丹丹

我在大青山挖到一棵山丹丹。这棵山丹丹的花真多。招待我们的老堡垒户看了看，说："这棵山丹丹有十三年了。"

"十三年了？咋知道？"

"山丹丹长一年，多开一朵花。你看，十三朵。"

山丹丹记得自己的岁数。

我本想把这棵山丹丹带回呼和浩特，想了想，找了把铁锹，在老堡垒户的开满了蓝色党参花的土台上刨了个坑，把这棵山丹丹种上了。问老堡垒户：

"能活？"

"能活。这东西，皮实。"

大青山到处是山丹丹，开七朵花、八朵花的，多的是。

> 山丹丹花开花又落，
>
> 一年又一年……

这支流行歌曲的作者未必知道，山丹丹过一年多开一朵花。唱歌的歌星就更不会知道了。

枸 杞

枸杞到处都有。枸杞头是春天的野菜。采摘枸杞的嫩头，略焯过，切碎，与香干丁同拌，浇酱油醋香油；或入油锅爆炒，皆极清香。夏末秋初，开淡紫色小花，谁也不注意。随即结出小小的红色的卵形浆果，即枸杞子。我的家乡叫作狗奶子。

我在玉渊潭散步，在一个山包下的草丛里看见一对老夫妻弯着腰在找什么。他们一边走，一边搜索。走几步，停一停，弯腰。

"您二位找什么？"

"枸杞子。"

"有吗？"

老同志把手里一个罐头玻璃瓶举起来给我看，已经有半瓶了。

"不少！"

"不少！"

他解嘲似的哈哈笑了几声。

"您慢慢捡着！"

"慢慢捡着！"

看样子这对老夫妻是离休干部，穿得很整齐干净，气色很好。

他们捡枸杞子干什么？是配药？泡酒？看来都不完全是。真要是需要，可以托熟人从宁夏捎一点或寄一点来。——听口音，老同志是西北人，那边肯定会有熟人。

他们捡枸杞子其实只是玩！一边走着，一边捡枸杞子，这比单纯的散步要有意思。这是两个童心未泯的老人，两个老孩子！

人老了，是得学会这样的生活。看来，这二位中年时也是很会生活，会从生活中寻找乐趣的。他们为人一定很好，很厚道。他们还一定不贪权势，甘于淡泊。夫妻间一定不会为柴米油盐、儿女婚嫁而吵嘴。

从钓鱼台到甘家口商场的路上，路西，有一家的门头上种了很大的一丛枸杞，秋天结了很多枸杞子，通红通红的，礼花似的，喷泉似的垂挂下来，一个珊瑚珠穿成的华盖，好看极了。这丛枸杞可以拿到花会上去展览。这家怎么会想起在门头上种一丛枸杞？

槐 花

玉渊潭洋槐花盛开，像下了一场大雪，白得耀眼。来了放蜂的人。蜂箱都放好了，他的"家"也安顿了。一个刷了涂料的很厚的黑色的帆布篷子。里面打了两道土堰，上面架起几块木板，是床。床上一卷铺盖。地上排着油瓶、酱油瓶、醋瓶。一个白铁桶里已经有多半桶蜜。外面一个蜂窝煤炉子上坐着锅。一个女人在案板上切青蒜。锅开了，她往锅里下了一把干切面。不大会儿，面熟了，她把面捞在碗里，加了作料、撒上青蒜，在一个碗里舀了半勺豆瓣。一人一碗。她吃的是加了豆瓣的。

蜜蜂忙着采蜜，进进出出，飞满一天。

我跟养蜂人买过两次蜜，绕玉渊潭散步回来，经过他的棚子，大都要在他门前的树墩上坐一坐，抽一支烟，看他收蜜，刮蜡，跟他聊两句，彼此都熟了。

这是一个五十岁上下的中年人，高高瘦瘦的，身体像是不太好，他做事总是那么从容不迫，慢条斯理的。样子不像个农民，倒有点像一个农村小学校长。听口音，是石家庄一带的。他到过很多省，哪里有鲜花，就到哪里去。菜花开的地方，玫瑰花开的地方，苹果花开的地方，枣花开的地方。每年都到南方去过冬，广西，贵州。到了春暖，再往北翻。我问他是不是枣花蜜最好，他说是荆条花的蜜最好。这很出乎我的意外。荆条是个不起眼的东西，而且我从来没有见过荆条开花，想不到荆条花蜜却是最好的蜜。我想他每年收入应当不错，他说比一般农民要好一些，但是也落不下多少：蜂具，路费；而且每年要赔几十斤白糖——蜜蜂冬天不采蜜，得喂它糖。

女人显然是他的老婆。不过他们岁数相差太大了。他五十了，女人也就是三十出头。而且，她是四川人，说四川话。我问他：你们是怎么认识的？他说：她是新繁县人。那年他到新繁放蜂，认识了。她说北方的大米好吃，就跟来了。

有那么简单？也许她看中了他的脾气好，喜欢这样安静平和的性格？也许她觉得这种放蜂生活，东南西北到处跑，好耍？这是一种农村式的浪漫主义。四川女孩子做事往往很洒脱，想咋个就咋个，不像北方女孩子有那么多考虑。他们结婚已经几年了。丈夫对她好，她对丈夫也很体贴。她觉得她的选择没有错，很满意，不后悔。我问养蜂人：她回去过没有？他说：回去过一次，一个人。他让她带了两千块钱，她买了好些礼物送人，风风光光地回了一趟新繁。

一天，我没有看见女人，问养蜂人，她到哪里去了。养蜂人说：到我那大儿子家去了，去接我那大儿子的孩子。他有个大儿子，在北京工作，在汽车修配厂当工人。

　　她抱回来一个四岁多的男孩，带着他在棚子里住了几天。她带他到甘家口商场买衣服，买鞋，买饼干，买冰糖葫芦。男孩子在床上玩鸡啄米，她靠着被窝用勾针给他勾一顶大红的毛线帽子。她很爱这个孩子。这种爱是完全非功利的，既不是讨丈夫的欢心，也不是为了和丈夫的儿子一家搞好关系。这是一颗很善良、很美的心。孩子叫她奶奶，奶奶笑了。

　　过了几天，她把孩子又送了回去。

　　过了两天，我去玉渊潭散步，养蜂人的棚子拆了，蜂箱集中在一起。等我散步回来，养蜂人的大儿子开来一辆卡车，把棚柱、木板、煤炉、锅碗和蜂箱装好，养蜂人两口子坐上车，卡车开走了。

　　玉渊潭的槐花落了。

晚　年

我们楼下随时有三个人坐着。他们都是住在这座楼里的。每天一早，吃罢早饭，他们各人提了马扎，来了。他们并没有约好，但是时间都差不多，前后差不了几分钟。他们在副食店墙根下坐下，挨得很近。坐到快中午了，回家吃饭。下午两点来钟，又来坐着，一直坐到副食店关门了，回家吃晚饭。只要不是刮大风，下雨，下雪，他们都在这里坐着。

一个是老佟。和我住一层楼，是近邻。有时在电梯口见着，也寒暄两句："吃啦？""上街买菜？"解放前他在国民党一个什么机关当过小职员，解放后拉过几年排子车，早退休了。现在过得还可以。一个孙女已经读大学三年级了。他八十三岁了。他的相貌举止没有什么特别的地方。脑袋很圆，面色微黑，有几块很大的老人斑。眼色总是很平静的。他除了坐着，有时也遛个小弯，提着他的马扎，一步一步，走得很慢。

一个是老辛，老辛的样子有点奇怪。块头很大，肩背又宽又厚，身体结实如牛。脸色紫红紫红的。他的眉毛很浓，不是两道，而是两丛。他的头发、胡子都长得很快。刚剃了头没几天，就又是一头乌黑的头发，满腮乌黑的短胡子。好像他的眉毛也在不断往外长。他的眼珠子是乌黑的。他的神情很怪。坐得很直，脑袋稍向后仰，蹙着浓眉，双眼直视路上行人，嘴唇嗫着，好像在往里用力地吸气。好像愤愤不平，又像藐视众生，看不惯一切，心里在想：你们是什么东西！我问过同楼住的街坊：他怎么总是这样的神情？街坊说：他就是这个样子！后来我听说他原来是在一个机关食堂煮猪头肉、猪蹄、猪下水的。那么他是不会怒视这个世界，蔑视谁的。他就是这个样子。他怎么会是这个样子呢？他脑子里在想什么？还是什么都不想？他岁数不大，六十刚刚出头，退休还不到两年。

　　一个是老许。他最大，八十七了。他面色苍黑，有几颗麻子，看不出有八十七了——看不出有多大年龄。这老头怪有意思。他有两串数珠，——说"数珠"不大对，因为他并不信佛，也不"掐"它。一串是山核桃的，一串是山桃核的。有时他把两串都带下来，绕着腕子上。有时只带一串山桃核的，因为山核桃的太大，也沉。山桃核有年头了，已经叫他的腕子磨得很光润。他不时将他的数珠改装一次，拆散了，加几个原来是钉在小孩子帽子上的小银铃铛之类的东西，再穿好。有一次是加了十个算盘珠。过路人有的停下来看看他的数珠，他就把袖子向上提提，叫数珠露出更多。他两手戴了几个戒指，一看就是黄铜的，然而他告诉人是金的。他用一个钥匙链，一头拴在钮扣上，一头拖出来。塞在左边的上衣口袋里，就像早年间戴怀表一样。他自己感觉，这就是怀表。他在上衣口袋里插着两支塑料圆珠笔的空壳——是他的孙女用剩下的，一支白色的，一支粉红的。我问老佟："他怎么爱搞这些？"老佟说："弄好些零碎！"他年轻时"跑"过"腿"，做过买卖。我很想跟他聊聊。问他话，他只是冲我笑笑。老佟说："他是个聋子。"

这三个在一处一坐坐半天，彼此都不说话。既然不说话，为什么坐得挨得这样近呢？大概人总得有个伴，即使一句话也不说。

老辛得过一次小中风。（他这样结实的身体怎么会中风呢？）但是没多少时候就好了。现在走起路来脚步还有一点沉。不过他原来脚步就很重。

老佟摔了一跤，骨折了，在家里躺着，起不来，因此在楼下坐着的，暂时只有两个人，不过老佟的骨折会好的，我想。

老许看样子还能活不少年。

大妈们

我们楼里的大妈们都活得有滋有味，使这座楼增加了不少生气。

许大妈是许老头的老伴，比许老头小十几岁，身体挺好，没听说她有什么病。生病也只有伤风感冒，躺两天就好了。她有一根花椒木的拐杖，本色，很结实，但是很轻巧，一头有两个杈，像两个小犄角。她并不用它来拄着走路，而是用来扛菜。她每天到铁匠营农贸市场去买菜，装在一个蓝布兜里，把布兜的襻套在拐杖的小犄角上，扛着。她买的菜不多，多半是一把韭菜或一把茴香。走到刘家窑桥下，坐在一块石头上，把菜倒出来，择菜。择韭菜、择茴香。择完了，抖落抖落，把菜装进布兜，又用花椒木拐杖扛起来，往回走。她很和善，见人也打招呼，笑笑，但是不说话。她用拐杖扛菜，不是为了省劲，好像是为了好玩。到了家，过不大会儿，就听见她乒乒乓乓地剁菜。剁韭菜、剁茴香。她们家爱吃馅儿。

奚大妈是河南人，和传达室小邱是同乡，对小邱很关心，很照顾。她最放不下的一件事，是给小邱张罗个媳妇。小邱已经三十五岁，还没有结婚。她给小邱张罗过三个对象，都是河南人，是通过河南老乡关系间接认识的。第一个是奚大妈一个村的。事情已经谈妥，这女的已经在小邱床上睡了几个晚上。一天，不见了，跟在附近一个小旅馆里住着的几个跑买卖的山西人跑了。第二个在一个饭馆里当服务员。也谈着差不多了，女的说要回家问问哥哥的意见。小邱给她买了很多东西：衣服，料子、鞋、头巾……借了一辆平板三轮，装了半车，蹬车送她去火车站。不料一去再无音信。第三个也是在饭馆里当服务员的，长得很好看，高颧骨，大眼睛，身材也很苗条。就要办事了，才知道这女的是个"石女"，奚大妈叹了一口气："唉！这事儿闹的！"

江大妈人非常好，非常贤惠，非常勤劳，非常爱干净。她家里真是一尘不染。她整天不断地擦、洗、掸、扫。她的衣着也非常干净，非常利索。裤线总是笔直的。她爱穿坎肩，铁灰色毛涤纶的，深咖啡色薄呢的，都熨熨帖帖。她很注意穿鞋，鞋的样子都很好。她的脚很秀气。她已经过六十了，近看脸上也有皱纹了，但远远一看，说是四十来岁也说得过去。她还能骑自行车，出去买东西，买菜，都是骑车去。看她跨上自行车，一踩脚蹬，哪像是已经有了四岁大的孙子的人哪！她平常也不大出门，老是不停地收拾屋子。她不是不爱理人，有时也和人聊聊天，说说这楼里的事，但语气很宽厚，不嚼老婆舌头。

顾大妈是个胖子。她并不胖得腮帮的肉都往下掉，只是腰围很粗。她并不步履蹒跚，只是走得很稳重，因为搬动她的身体并不很轻松。她面白微黄，眉毛很淡。头发稀疏。但是总是梳得很整齐服帖。她原来在一个单位当出纳，是干部。退休了，在本楼当家属委员会委员，也算是干部。家属委员会委员的任务是要换购粮本、副食本了，到各家敛了来，办完了，又给各家送回去。她的干部意识根深蒂固，总觉得自己不是一个家庭妇女。别的大妈也觉得她有架子，很少跟她说话。她爱和本楼的退休了的或尚未退休的女干部说话。说她自己的事。说她的儿女在单位很受器重；说她原来的领导很关心她，逢春节都要来看看她……

在这条街上任何一个店铺里，只要有人一学丁大妈雄赳赳气昂昂走路的神气，大家就知道这学的是谁。于是都哈哈大笑，一笑笑半天。丁大妈的走路，实在是少见。头昂着，胸挺得老高，大踏步前进，两只胳臂前后甩动，走得很快。她头发乌黑，梳得整齐。面色紫褐，发出铜光，脸上的纹路清楚，如同刻出。除了步态，她还有一特别处：她穿的上衣，都是大襟的。料子是讲究的。夏天，派力司；春秋天，平绒；冬天，下雪，穿羽绒服。羽绒服没有大襟的。她为什么爱穿大襟上衣？这是习惯。她原是崇明岛的农民，吃过苦。现在苦尽甘来了。她把儿子拉扯大了。儿子、儿媳妇都在美国，按期给她寄钱。她现在一个人过，吃穿不愁。她很少自己做饭，都是到粮店买馒头，买烙饼，买面条。她有个外甥女，是个时装模特儿，常来看她，很漂亮。这外甥女，楼里很多人都认识。她和外甥女上电梯，有人招呼外甥女："你来了！"——"我每星期都来。"丁大妈说："来看我！"非常得意。丁大妈活得非常得意，因此她雄赳赳气昂昂。

罗大妈是个高个儿，水蛇腰。她走路也很快，但和丁大妈不一样：丁大妈大踏步，罗大妈步子小。丁大妈前后甩胳臂，罗大妈胳臂在小腹前左右摇。她每天"晨练"，走很长一段，扭着腰，摇着胳膊。罗大妈没牙，但是乍看看不出来，她的嘴很小，嘴唇很薄。她这个岁数——她也就是五十出头吧，不应该把牙都掉光了，想是牙有病，拔掉的。没牙，可是话很多，是个连片子嘴。

乔大妈一头银灰色的卷发。天生的卷。气色很好。她活得兴致勃勃。她起得很早，每天到天坛公园"晨练"，打一趟太极拳，练一遍鹤翔功，遛一个大弯。然后顺便到法华寺菜市场买一提兜菜回来。她爱做饭，做北京"吃儿"。蒸素馅包子，炒疙瘩，摇棒子面嘎嘎……她对自己做的饭非常得意。"我蒸的包子，好吃极了！""我炒的疙瘩，好吃极了！""我摇的嘎嘎，好吃极了！"她间长不短去给她的孙子做一顿中午饭。他儿子儿媳妇不跟她一起住，单过。儿子儿媳是"双职工"，中午顾不上给孩子做饭。"老让孩子吃方便面，那哪成！"她爱养花，阳台上都是花。她从天坛东门买回来一大把芍药骨朵，深紫色的。"能开一个月！"

大妈们常在传达室外面院子里聚在一起闲聊天。院子里放着七八张小凳子、小椅子，她们就错错落落地分坐着。所聊的无非是一些家长里短。谁家买了一套组合柜，谁家拉回来一堂沙发，哪儿买的、多少钱买的，她们都打听得很清楚。谁家的孩子上"学前班"，老不去，"淘着哪！"谁家俩口子吵架，又好啦，拷着胳臂上游乐园啦！乔其纱现在不时兴啦，现在兴"砂洗"……大妈们有一个好处，倒不搬弄是非。楼里有谁家结婚，大妈们早就在院子里等着了。她们看扎着红彩绸的小汽车开进来，看放鞭炮，看新娘子从汽车里走出来，看年轻人往新娘子头发上撒金银色纸屑……

一九九二年六月十日

韭菜花

　　五代杨凝式是由唐代的颜柳欧褚到宋四家苏黄米蔡之间的一个过渡人物。我很喜欢他的字。尤其是《韭花帖》。不但字写得好，文章也极有风致。文不长，录如下：

　　　　昼寝乍兴，朝饥正甚，忽蒙简翰，猥赐盘飧。当一叶报秋之初，乃韭花逞味之始。助其肥羜，实谓珍羞。充腹之余，铭肌载切。谨修状陈谢，伏惟鉴察，谨状。

　　　　　　　　　　　　　　七月十一日　凝式状

　　使我兴奋的是：
　　一、韭花见于法帖，此为第一次，也许是唯一的一次。此帖即以"韭花"名，且文字完整，全篇可读，读之如今人语，至为亲切。我读书少，觉韭花见之于"文学作品"，这也是头一回。韭菜花这样的虽说极平常，但极有味的东西，是应该出现在文学作品里的。
　　二、杨凝式是梁、唐、晋、汉、周五朝元老，官至太子太保，是个"高干",但是收到朋友赠送的一点韭菜花,却是那样的感激,正儿八经地写了一封信(杨凝式多作草书,黄山谷说:"谁知洛阳杨风子,下笔便到乌丝阑。"《韭花帖》却是行楷),这使我们想到这位太保在口味上和老百姓的距离不大。彼时亲友之间的馈赠,也不过是韭菜花这样的东西。今天,恐怕是不行的了。

三、这韭菜花不知道是怎样做成的,是清炒的,还是腌制的?但是看起来是配着羊肉一起吃的。"助其肥羜","羜"是出生五个月的小羊,杨凝式所吃的未必真是五个月的羊羔子,只是因为《诗·小雅·伐木》有"既有肥羜"的成句,就借用了吧。但是以韭花与羊肉同食,却是可以肯定的。北京现在吃涮羊肉,缺不了韭菜花,或以为这办法来自蒙古或西域回族,原来中国五代时已经有了。杨凝式是陕西人,以韭菜花蘸羊肉吃,盖始于中国西北诸省。

北京的韭菜花是腌了后磨碎了的,带汁。除了是吃涮羊肉必不可少的调料外,就这样单独地当咸菜吃也是可以的,熬一锅虾米皮大白菜,佐以一碟韭菜花,或臭豆腐,或卤虾酱,就着窝头、贴饼子,在北京的小家户,就是一顿不错的饭食。从前在科班里学戏,给饭吃,但没有菜。韭菜花、青椒糊、酱油,拿开水在大木桶里一沏,这就是菜。韭菜花很便宜,拿一只空碗,到油盐店去,三分钱、五分钱,售货员就能拿铁勺子舀给你多半勺。现在都改成用玻璃瓶装,不零卖,一瓶要一块多钱,很贵了。

过去有钱的人家自己腌韭菜花,以韭菜和沙果、京白梨一同治为碎齑,那就很讲究了。

云南的韭菜花和北方的不一样。昆明韭菜花和曲靖韭菜花不同。昆明韭菜花是用酱腌的，加了很多辣子。曲靖韭菜花是白色的，乃以韭花和切得极细的、风干了的苤蓝丝同腌成，很香，味道不很咸而有一股说不出来淡淡的甜味。曲靖韭菜花装在一个浅白色的茶叶筒似的陶罐里。凡到曲靖的，都要带几罐送人。我常以为曲靖韭菜花是中国咸菜里的"神品"。

我的家乡是不懂得把韭菜花腌了来吃的，只是在韭菜花还是骨朵儿，尚未开放时，连同掐得动的嫩薹，切为寸段，加瘦猪肉，炒了吃，这是"时菜"，过了那几天，菜薹老了，就没法吃了。做虾饼，以爆炒的韭菜骨朵儿衬底，美不可言。

太监念京白

京剧里的太监都念京白（一般生、旦都念"韵白"，架子花偶尔念几句京白——行话叫"改口"，花旦多念京白，但也有念韵白的），《法门寺》的刘瑾的"自报家门"是其代表。特别是经金少山那么一念："咱家，姓刘名瑾，字表春华，乃是陕西延安府的人氏。自幼儿七岁净身，九岁进宫，一十三岁，伺候老王，老王驾崩，扶保正德皇帝登基。我与万岁，明是君臣，暗同手足的一般……"吐字归音，铿锵顿挫，让人相信，太监就是那样说话的。

大概从明朝起（更准确地说，从永乐年间起），太监就说一种特别韵味的京白，不论在宫里、宫外，在京、出京。

《陶庵梦忆·龙山放灯》：

> 万历辛丑年，父叔辈张灯龙山……庙门悬禁条，禁车马，禁烟火，禁喧哗，禁豪家奴不得行辟人。……十六夜，张分守宴织造太监于山巅星宿阁，傍晚至山下，见禁条，太监忙出舆笑曰："遵他！遵他！自咱们遵他起。"

张岱文每喜用口语写人物对话。这一篇写织造太监的说话如闻其声，是口语，而且是地道的京白。

明朝的太监横行天下，他们有一个特点是到哪里都说京白。王世贞《弇山堂别集·中官考》载：

> 西厂太监谷大用遣逻卒四出刺访。江西南庭县民吴登显等三家于端午竞渡，以擅造龙舟捕之，籍其家。自是偏州下邑，见有华衣怒马作京师语音，辄相惊告，官司密略之，冀免其祸。

这些"逻卒"都是锦衣卫的太监。

刘瑾说的是什么话呢？他是陕西兴平人（《法门寺》他自称是"陕西延安府的人氏"，差不多），本姓谈，按说该有点陕西口音，但他"幼自宫投中官刘姓者得进，因冒其姓"（《弇山堂别集》），他从小就进了宫，在太监堆里混大，一定已经说得一口太监味儿的京白了。他犯罪被捕，由驸马蔡震审问，他还仰起头来说："若何人？忘我德！"这显然是由记录者把他的话译成文言了。他被捕时，"时夜旦半，瑾宿于内直房，闻喧声，曰：'谁也？'应曰：'有旨。'瑾遂披青蟒衣以出……"（《弇山堂别集》）。这一声"谁也？"还很像是京白。

明清两代太监说京白，是没有问题的。到了民国后，还有《茶馆》里的庞太监，说了那样一口阴阳怪气，听了叫人起鸡皮疙瘩的醋溜京白。

至于明以前的太监，如宋朝的童贯，说的是什么话，就不知道了。《白逼宫》里的穆顺也说京白，不知道有什么根据。

羊上树和老虎闻鼻烟儿

这都是华北俗话。

有一个相声小段，题目叫《羊上树》：

> 甲：哐那令哐令令哐（口作弹三弦声）。
>
> （唱）
>
> 太阳出来亮堂堂，
>
> 出了东庄奔西庄，
>
> 抬头看见羊上树，
>
> 低头……
>
> 乙：你等等！"抬头看见羊上树"，这羊怎么上的树呀？
>
> 甲：你问这羊怎么上的树？
>
> 乙：对！
>
> 甲：哐那个令哐令令哐。
>
> 抬头看见羊上树……
>
> 乙：羊怎么上的树？
>
> 甲：羊吃什么？
>
> 乙：草。"羊吃百样草，看你找不找。"

甲：吃树叶不？

乙：吃！杨树叶，榆树叶，都吃。

甲：对了！羊爱吃树叶，它就上了树咧！

乙：它怎么上的树？

甲：羊上树，

树上羊，

哐那令哐令令哐……

乙：羊怎么上的树！

甲：你问的是羊怎么上的树呀？

乙：对，怎么上的树！

甲：羊上树，

树上羊，

哐那个令哐令令哐……

乙：羊怎么上的树？

甲：哐那个令哐令令哐，

羊上树，

树上羊……

　　"羊上树"，意思是不可能的事。北京人听说不可能实现
的，没影儿的事，就说："这是羊上树的事儿！"

　　为什么不说马上树，牛上树，骆驼上树？这些动物也都是
不能上树的。大概是因为人觉得羊似乎是应该能上树的。

　　羊能上山。我在张家口跟羊倌一块放过羊，羊特爱登上
又陡又险的山，听羊倌说，只要是能落住雨点的石头，羊都
能上去。

　　羊特别能维持身体的平衡。杂技团能训练羊走钢丝。

　　然而羊是不能上树的。没有人见过羊上树。

相声接着往下说：

甲：羊上树，

树上羊，哐那个令哐令令哐……

乙：羊怎么上的树？

甲：你这人怎么认死理儿呢？

乙：羊怎么上的树！

甲：哐那令哐令令哐……

乙：羊怎么上的树？

甲：它是我给它抱上去的。

问题原来如此简单。只要有人抱，羊也是可以上树的。

“老虎闻鼻烟儿”意思和“羊上树”差不多，不过语气更坚决。北方人听到什么根本不可能发生的事，就说：“老虎闻鼻烟儿——没有那八宗事！”当初创造这句歇后语的人的想象力实在是惊人。一只老虎，坐着，在前掌里倒一撮鼻烟，往鼻孔里揉？这可能么？

不过也不是绝对地不可能。我曾在电视里看过一只猩猩爱抽雪茄。猩猩能抽雪茄，老虎就许会闻鼻烟儿。

老虎闻鼻烟，有这种可能？它上哪儿弄去呀？自己买去？——老虎走到卖鼻烟的铺子里，攥着一把钞票，往柜台上一扔，指指货架上搁鼻烟的瓷坛子……

操那个心！老虎闻鼻烟儿，不用自己掏钱买。

……

会有人给它送去。

一九九一年十二月二十五日

胡同文化

　　北京城像一块大豆腐，四方四正。城里有大街，有胡同。大街、胡同都是正南正北，正东正西。北京人的方位意识极强。过去拉洋车的，逢转弯处都高叫一声"东去！""西去！"以防碰着行人。老两口睡觉，老太太嫌老头子挤着她了，说"你往南边去一点"。这是外地少有的。街道如是斜的，就特别标明是斜街，如烟袋斜街、杨梅竹斜街。大街、胡同，把北京切成一个又一个方块。这种方正不但影响了北京人的生活，也影响了北京人的思想。

　　胡同原是蒙古语，据说原意是水井，未知确否。胡同的取名，有各种来源。有的是计数的，如东单三条、东四十条。有的原是皇家储存物件的地方，如皮库胡同、惜薪司胡同（存放柴炭的地方），有的是这条胡同里曾住过一个有名的人物，如无量大人胡同、石老娘（老娘是接生婆）胡同。大雅宝胡同原名大哑巴胡同，大概胡同里曾住过一位哑巴。王皮胡同是因为有一个姓王的皮匠。王广福胡同原名王寡妇胡同。有的是某种行业集中的地方。手帕胡同大概是卖手帕的。羊肉胡同当初想必是卖羊肉的。有的胡同是像其形状的。高义伯胡同原名狗尾巴胡同。小羊宜宾胡同原名羊尾巴胡同。大概是因为这两条胡同的样子有点像羊尾巴、狗尾巴。有些胡同则不知道何所取义，如大绿纱帽胡同。

胡同有的很宽阔，如东总布胡同、铁狮子胡同。这些胡同两边大都是"宅门"，到现在房屋都还挺整齐。有些胡同很小，如耳朵眼胡同。北京到底有多少胡同？北京人说：有名的胡同三千六，没名的胡同数不清。通常提起"胡同"，多指的是小胡同。

胡同是贯通大街的网络。它距离闹市很近，打个酱油，约二斤鸡蛋什么的，很方便，但又似很远。这里没有车水马龙，总是安安静静的。偶尔有剃头挑子的"唤头"（像一个大镊子，用铁棒从当中擦过，便发出嗡的一声）、磨剪子磨刀的"惊闺"（十几个铁片穿成一串，摇动作声）、算命的盲人（现在早没有了）吹的短笛的声音。这些声音不但不显得喧闹，倒显得胡同里更加安静了。

胡同和四合院是一体。胡同两边是若干四合院连接起来的。胡同、四合院，是北京市民的居住方式，也是北京市民的文化形态。我们通常说北京的市民文化，就是指的胡同文化。胡同文化是北京文化的重要组成部分，即便不是最主要的部分。

胡同文化是一种封闭的文化。住在胡同里的居民大都安土重迁，不大愿意搬家。有在一个胡同里一住住几十年的，甚至有住了几辈子的。胡同里的房屋大都很旧了，"地根儿"房子就不太好，旧房檩，断砖墙。下雨天常是外面大下，屋里小下。一到下大雨，总可以听到房塌的声音，那是胡同里的房子。但是他们舍不得"挪窝儿"，——"破家值万贯"。

　　四合院是一个盒子。北京人理想的住家是"独门独院"。北京人也很讲究"处街坊"。"远亲不如近邻"。"街坊里道"的，谁家有点事，婚丧嫁娶，都得"随"一点"份子"，道个喜或道个恼，不这样的就不合"礼数"。但是平常日子，过往不多，除了有的街坊是棋友，"杀"一盘；有的是酒友，到"大酒缸"（过去山西人开的酒铺，都没有桌子，在酒缸上放一块规成圆形的厚板以代酒桌）喝两"个"（大酒缸二两一杯，叫作"一个"）；或是鸟友，不约而同，各晃着鸟笼，到天坛城根、玉渊潭去"会鸟"（会鸟是把鸟笼挂在一处，既可让鸟互相学叫，也互相比赛），此外，"各人自扫门前雪，休管他人瓦上霜"。

　　北京人易于满足，他们对生活的物质要求不高。有窝头，就知足了。大腌萝卜，就不错。小酱萝卜，那还有什么说的。臭豆腐滴几滴香油，可以待姑奶奶。虾米皮熬白菜，嘿！我认识一个在国子监当过差，伺候过陆润庠、王垿等祭酒的老人，他说："哪儿也比不了北京。北京的熬白菜也比别处好吃，——五味神在北京。"五味神是什么神？我至今考查不出来。但是北京人的大白菜文化却是可以理解的。北京人每个人一辈子吃的大白菜摞起来大概有北海白塔那么高。

　　北京人爱瞧热闹，但是不爱管闲事。他们总是置身事外，冷眼旁观。北京是民主运动的策源地，"民国"以来，常有学生运动。北京人管学生运动叫作"闹学生"。学生示威游行，叫作"过学生"。与他们无关。

　　北京胡同文化的精义是"忍"，安分守己、逆来顺受。老舍《茶馆》里的王利发说"我当了一辈子的顺民"，是大部分北京市民的心态。

　　我的小说《八月骄阳》里写到"文化大革命"，有这样一段对话：

　　"还有个章法没有？我可是当了一辈子安善良民，从来奉公守法。这会儿，全乱了。我这眼面前就跟'下黄土'似的，简直的，分不清东西南北了。"

　　"您多余操这份儿心。粮店还卖不卖棒子面？"

　　"卖！"

　　"还是的。有棒子面就行。……"

　　我们楼里有个小伙子，为一点事，打了开电梯的小姑娘一个嘴巴。我们都很生气，怎么可以打一个女孩子呢！我跟两个上了岁数的老北京（他们是"搬迁户"，原来是住在胡同里的）说，大家应该主持正义，让小伙子当众向小姑娘认错，这二位同声说："叫他认错？门儿也没有！忍着吧！——'穷忍着，富耐着，睡不着眯着'！""睡不着眯着"这话实在太精彩了！睡不着，别烦躁，别起急，眯着，北京人，真有你的！

　　北京的胡同在衰败，没落。除了少数"宅门"还在那里挺着，大部分民居的房屋都已经很残破，有的地基柱础甚至已经下沉，只有多半截还露在地面上。有些四合院门外还保存已失原形的拴马桩、上马石，记录着失去的荣华。有打不上水来的井眼、磨圆了棱角的石头棋盘，供人凭吊。西风残照，衰草离披，满目荒凉，毫无生气。

　　看看这些胡同的照片，不禁使人产生怀旧情绪，甚至有些伤感。但是这是无可奈何的事。在商品经济大潮的席卷之下，胡同和胡同文化总有一天会消失的。也许像西安的虾蟆陵、南京的乌衣巷，还会保留一两个名目，使人怅望低徊。

　　再见吧，胡同。

一九九三年三月十五日

钓鱼台

　　我在钓鱼台西边住了好几年，不知道钓鱼台里面是什么样子。

　　钓鱼台原是一片野地，清代，清明前后，偶尔有闲散官员爱写写诗的，携酒来游。这地方很荒凉，有很多坟。张问陶《船山诗草·闰二月十六日清明与王香圃徐石溪查苗圃小山兄弟携酒游钓鱼台看桃花归过白云观法源寺即事二首》云："荒坟沿路有，浮世几人闲。"可证。这里的景致大概是："柳枝漠漠笼青烟，山桃欲开红可怜。人声渐远波声小，一片明湖出林杪。"（《船山诗草·十九日习之招国子卿竹堂稚存琴山质夫立凡携酒游钓鱼台》）不知道从什么时候起，逐渐营建，最后成了国宾馆。

　　钓鱼台的周围原来是竹竿扎成的篱笆，竹竿上涂绿油漆，从篱笆窟窿中约略可见里面的房屋树木。"文化大革命"初期，不是一九六六年就是一九六七年，改筑了围墙，里面就什么也看不见了。围墙上安了电网，隔不远有一个红灯泡。晚上红灯一亮，瞧着有点瘆人。围墙东面、北面各开一座大门。东面大门里是一座假山；北面大门里砌了一个很大的照壁，遮住行人的视线。照壁上涂了红漆，堆出五个笔势飞动的金字：
"为人民服务"。门里安照壁，本是常事，但是这五个字用在
这里，似乎不怎么合适。为什么搞得这样戒备森严起来了呢？
原因之一，是江青常常住在这里，"文化大革命"的许多重
大决策都是由这里做出的。不妨说，这是"文革"的策源地。
我每天要从"为人民服务"之前经过，觉得照壁后面，神秘莫测。

　　我们街坊有两个孩子爬到五楼房顶上拿着照相机对着钓
鱼台拍照，刚按快门，这座楼已经被钓鱼台的警卫围上了。

　　钓鱼台原来有一座门，靠南边，朝西，像一座小城门，石
额上有三个馆阁体的楷书："钓鱼台"。附近的居民称之为"古
门"。这座门正对玉渊潭。玉渊潭和钓鱼台原是一体。张问陶
诗中的"一片明湖出林杪"，指的正是玉渊潭。玉渊潭有一条
贯通南北的堤，把潭分成东西两半，堤中有水闸，东西两湖的
水是相通的。原来潭东、潭西和当中的土堤都是可以走人的。
自从江青住进钓鱼台之后，把挨近钓鱼台的东湖沿岸都安了带
毛刺的铁丝网，——老百姓叫它"铁蒺藜"。铁蒺藜是钉在沿
岸的柳树上的。这样，东湖就成了禁地。行人从潭中的堤上
走过时，不免要向东边看一眼，看看可望而不可即的钓鱼台，
沉沉烟霭，苍苍树木。

　　"四人帮"垮台后，铁蒺藜拆掉了，东湖解放了。湖中有
人划船、钓鱼、游泳。东堤上又可通行了。很多人散步、练气功、
遛鸟。有些游人还爱扒在"古门"的门缝上往里看。警卫的战
士看到，也并不呵斥。有一年，修缮西南角的建筑，为了运料
方便，打开了古门，人们可以看到里面的"养元斋"，一湾流水，
几块太湖石，丛竹高树。钓鱼台不再那么神秘了。

　　原来的铁蒺藜有的是在柳树上箍一个圈，再用钉子钉上

的，有一棵柳树上的铁蒺藜拆不净，因为它已经长进树皮里，拔不出来了。这棵柳树就带着外面拖着一截的铁蒺藜往上长，一天比一天高。这棵带着铁蒺藜的树，是"四人帮"作恶的一个历史见证。似乎这也像经了"文化大革命"一通折腾之后的中国人。

一九八七年八月十七日

藻鉴堂

　　我曾在藻鉴堂住过一阵，初春，为了写一个剧本。同时住在那里的有《红岩》的作者罗广斌、杨益言，歌剧《江姐》的作者阎肃，还有我们剧团的几个编剧。藻鉴堂在颐和园的极西，围墙外就不是颐和园了。这是园内的一个偏僻的去处，原本就很少有游人来，自从辟为一个休养所，就更没有人来了。堂在一个半岛上，三面环水，岛西面往南往北都有通路，地方极为幽静。这个堂原来不知是干什么用的。大概盖得了之后，慈禧太后从来也没有来住过。这是一座两层楼的建筑，内部经过改修，有暖气、自来水、卫生设备，已经相当现代化了。外面看，还是一座带有官廷风格的别墅。在这里写作，堪称福地。

　　我们白天讨论，写作。到了傍晚，已经"净园"——北京的公园到了快闭园门的时候，摇铃通知游人离去，叫作"净园"——我们常从北面的小路上走出来，沿颐和园绕一大圈，从南边回去。花木无言，鸟凫自乐，得园之趣，非白日摩肩继踵游人所能受用。

　　藻鉴堂北有一个很怪的东西。这是一个砖砌大圆筒。半截在地面以上，从外面看像烟筒。半截在地面以下。露在地面上的半截，不到一人高。站在筒口，可以俯看。往下看，像一口没有水的干井。井底也是圆的，颇宽广，井底还有两间房屋。这是清廷"圈禁"犯罪的亲王的地方。据颐和园的工作人员告诉我，有一个有名的什么什么亲王曾经圈禁在这里。似乎在这里圈禁过的亲王也就是这一个。我于清史太无知，把亲王的名字忘记了。这可真是名副其实的"圈禁"，——关禁在一个圆圈里面。圈的底至口约有四丈，他是插翅也飞不出去的。这位亲王除了坐井观天之外，只有等死。我很纳闷，当初是怎么把亲王弄进去的呢？——这个圆筒没门。亲王的饮食，包括他的粪便，又是如何解决的呢？嗐，我这都是多虑。爱新觉罗家族既有此祖宗遗规，必有一套周到妥善的处理。

前二年有一个大学生跳进这个圆筒自杀死了。等发现时，尸体已经干透。

我们在藻鉴堂的生活很好，只是新鲜蔬菜少一点。伙房里老给我们吃炒回锅猪头肉。炒猪头肉不难吃，只是老吃有点受不了。

服务员里有一位很健谈，山东青河县人，他极言西门庆没这个人，这是西门的一口磬。自来说《水浒》《金瓶梅》者无此新解，录以备忘。

午 门

旧戏、旧小说里每每提到推出午门斩首，其实没有这回事。午门在紫禁城里，三大殿的外面，这个地方哪能杀人呢！从元朝以来，刑人多在柴市口（今菜市口）、交道口（原名"交头口"）或西四牌楼。在闹市杀人，大概是汉朝以来就有的规矩，即所谓"弃市"。晁错就是"朝服斩于市"的。午门是逢什么重要节日皇帝接见外国使节和接受献俘的地方。另外，也是大臣受廷杖的地方。"廷杖"不是在太和殿上打屁股，那倒是"推出午门"去执行的。"廷杖"是明代对大臣的酷刑。明以前，好像没听说过。原来打得不重，受杖时可以穿了厚棉裤，下面还垫了毡子，"示辱而已"。但挨了杖，也得躺几天起不来。到了刘瑾当权，因为他痛恨知识分子，"始去衣"，那就是脱了裤子，露出了屁股来挨揍了。行刑的是锦衣卫的太监，他们打得很毒，有的大臣立毙杖下，当场被打死的。

午门居北京城的正中。"午"者中也。这里的建筑是非常有特色的。一是建在和天安门的城墙一般高的城台之上，地基比故宫任何一座宫殿都高。二是它是五座建筑联成的。正中是一座大殿，两侧各有两座方形的亭式建筑，俗称"五凤楼"。

旧戏曲里常用"五凤楼"作为朝廷的代称。《草桥关》里姚期唱："到来朝陪王伴驾在那五凤楼。"《珠帘寨》里程敬思唱："为千岁懒登五凤楼。"其实五凤楼不是上朝的地方，姚期和程敬思也不会登上这样的地方。

五凤楼平常是没有人上去的，于是就成了燕子李三式的飞贼的藏身之所。据说飞贼作了案，就用一根粗麻绳，绳子有铁钩，把麻绳甩上去，钩搭住午门外侧的城墙，倒几次手，就"就"上去了。据说在民国以后，午门城楼上设立了历史博物馆，在修缮房屋时，曾在正殿的天花板上扫出了一些烧鸡骨头、桂圆、荔枝皮壳。那是飞贼遗留下来的。我未能亲见，只好姑妄听之。理或有之：躲在这里，是谁也找不到的。

一九四八年，我曾在历史博物馆工作将近一年，而且住在午门的下面。除了两个工友，职员里住在这里的只我一个人。我住的房间在右掖门一边，据说是锦衣卫值宿的地方。我平生所住过的房屋，以这一处最为特别。夜晚，在天安门、端门、左右掖门都上锁之后，我独自站立在午门下面的广大的石坪上，万籁俱静，满天繁星，此种况味，非常人所能领略。我曾写信给黄永玉说：我觉得全世界都是凉的，只我这里一点是热的。

于是，到一九四九年三月，我就离开了。

桥边散文

午门忆旧

北京解放前夕，一九四八年夏天到一九四九年春天，我曾在午门的历史博物馆工作过一段时间。

午门是紫禁城总体建筑的一个重要的组成部分。这是故宫的正门，是真正的"宫门"。进了天安门、端门，这只是宫廷的"前奏"，进了午门，才算是进了宫。有午门，没有午门，是不大一样的。没有午门，进天安门、端门，直接看到三大殿，就太敞了，好像一件衣裳没有领子。有午门当中一隔，后面是什么，都瞧不见，这才显得宫里神秘庄严，深不可测。

午门的建筑是很特别的。下面是一个凹形的城台。城台上正面是一座九间重檐庑殿顶的城楼；左右有重檐的方亭四座。城楼和这四座正方的亭子之间，有廊庑相连属，稳重而不笨拙，玲珑而不纤巧，极有气派，俗称为"五凤楼"。在旧戏里，五凤楼成了皇宫的代称。《草桥关》里姚期唱道："到来朝陪王伴驾在那五凤楼。"《珠帘寨》里程敬思唱道："为千岁懒登五凤楼。"指的就是这里。实际上姚期和程敬思都是不会登上五凤楼的。楼不但大臣上不去，就是皇帝也很少上去。

午门有什么用呢？旧戏和评书里常有一句话："推出午门

斩首!"哪能呢!这是编戏编书的人想象出来的。午门的用处大概有这么三项:一是逢什么大典时,皇上登上城楼接见外国使节。曾见过一幅紫铜的版刻,刻的就是这一盛典。外国使节、满汉官员,分班肃立,极为隆重。是哪一位皇上,庆的是何节日,已经记不清了。其次是献俘。打了胜仗(一般都是镇压了少数民族),要把俘虏(当然不是俘虏的全部,只是代表性的人物)押解到京城来。献俘本来应该在太庙。《清会典·礼部》:"解送俘囚至京师,钦天监择日献俘于太庙社稷。"但据熟悉掌故的同志说,在午门。到时候皇上还要坐到城楼亲自过目。究竟在哪里,余生也晚,未能亲历,只好存疑。第三,大概是午门最有历史意义,也最有戏剧性的故实,是在这里举行廷杖。廷杖,顾名思义,是在朝廷上受杖。不过把一位大臣按在太和殿上打屁股,也实在不大像样子,所以都在午门外举行。廷杖是对廷臣的酷刑。据朱国桢《涌幢小品》,廷杖始于唐玄宗时。但是盛行似在明代。原来不过是"意思意思"。《涌幢小品》说:"成化以前,凡廷杖者不去衣,用厚棉底衣,重毡迭帊,示辱而已。"穿了厚棉裤,又垫着几层毡子,打起来想必不会太疼。但就这样也够呛,挨打以后,要"卧床数日,而后得愈"。"正德初年,逆瑾(刘瑾)用事,恶廷臣,始去衣。"——那就说脱了裤子,露出屁股挨打了。"遂有杖死者。"掌刑的是"厂卫"。明朝宦官掌握的特务机关有东厂、西厂,后来又有中行厂。廷杖在午门外进行,抡杖的该是中行厂的锦衣卫。五凤楼下,血肉横飞,是何景象?

　　不知从什么时候起,五凤楼就很少有人上去。"马道"的门锁着。民国以后,在这里设立了历史博物馆。据历史博物馆的老工友说,建馆后,曾经修缮过一次,从城楼的天花板上扫出了一些烧鸡骨头、荔枝壳和桂圆壳。他们说，这是"飞贼"留下的。北京的"飞贼"作了案，就到五凤楼天花板上藏着，谁也找不着——那倒是，谁能搜到这样的地方呢？老工友们说："飞贼"用一根麻绳，一头系一个大铁钩，一甩麻绳，把铁钩搭在城垛子上，三把两把，就"就"上来了。这种情形，他们谁也不会见过，但是言之凿凿。这种燕子李三式的人物引起老工友们美丽的向往，因为他们都已经老了，而且有的已经半身不遂。

"历史博物馆"名目很大，但是没有多少藏品，东边的马道里有两尊"将军炮"，是很大的铜炮，炮管有两丈多长。一尊叫作"武威将军炮"，另一尊叫什么将军炮，忘了。据说张勋复辟时曾起用过两尊将军炮，有的老工友说他还听到过军令："传武威将军炮！""传××将军炮！"是谁传？张勋，还是张勋的对立面？说不清。马道拐角处有一架李大钊烈士就义的绞刑机。据说这架绞刑机是德国进口的，只用过一次。为什么要把这东西陈列在这里呢？我们在写说明卡片时，实在不知道如何下笔。

城楼（我们习惯叫作"正殿"）里保留了皇上的宝座。两边铁架子上挂着十多件袁世凯祭孔用的礼服，黑缎的面料，白领子，式样古怪，道袍不像道袍。这一套服装为什么陈列在这里，也莫名其妙。

四个方亭子陈列的都是没有多大价值，也不值什么钱的文物：不知道来历的墓志、烧瘫在"匣"里的钧窑磁碗、清代的"黄册"（为征派赋役编造的户口册），殿试的卷子、大臣的奏折……西北角一间亭子里陈列的东西却有点特别，是多种刑具。有两把杀人用的鬼头刀，都只有一尺多长。我这才知道，杀头不是用力把脑袋砍下来，而是用"巧劲"把脑袋"切"下来。最引人注意的是一套凌迟用的刀具，装在一个木匣里，有一二十把，大小不一。还有一把细长的锥子。据说受凌迟的人挨了很多刀，还不会死，最后要用这把锥子刺穿心脏，才会气绝。中国的剐刑搞得这样精细而科学，真是令人叹为观止。

整天和一些价值不大、不成系统的文物打交道，真正是"抱残守缺"。日子过得倒是蛮清闲的。白天检查检查仓库，更换更换说明卡片，翻翻资料，都是可做可不做的事情。下班后，到左掖门外筒子河边看看算卦的算卦，——河边有好几个卦摊；看人叉鱼，——叉鱼的沿河走，捏着鱼叉，欻地一叉下去，一条二尺来长的黑鱼就叉上来了。到了晚上，天安门、端门、左右掖门都关死了，我就到屋里看书。我住的宿舍在右掖门旁边，据说原是锦衣卫——就是执行廷杖的特务值宿的房子。四外无声，异常安静。我有时走出房门，站在午门前的石头坪场上，仰看满天星斗，觉得全世界都是凉的，就我这里一点是热的。

北平一解放，我就告别了午门，参加四野南下工作团南下了。

从此就再也没有到午门去看过，不知道午门现在是什么样子。

有一件事可以记一记。解放前一天，我们正准备迎接解放。来了一个人，说："你们赶紧收拾收拾，我们还要办事呢！"他是想在午门上登基。这人是个疯子。

一九八六年一月九日

玉渊潭的传说

　　玉渊潭公园范围很大。东接钓鱼台，西到三环路，北靠白堆子、马神庙，南通军事博物馆。这个公园的好处是自然，到现在为止，还不大像个公园，——将来可不敢说了。没有亭台楼阁、假山花圃。就是那么一片水，好些树。绕湖中长堤，转一圈得一个多小时。湖中有堤，贯通南北，把玉渊潭分为西湖和东湖。西湖可游泳，东湖可划船。湖边有很多人钓鱼，湖里有人坐了汽车内胎扎成的筏子撒网。堤上有人遛鸟。有两三处是鸟友们"会鸟"的地方。画眉、百灵，叫成一片。有人打拳、做鹤翔庄、跑步。更多的人是遛弯儿的。遛弯有几条路线，所见所闻不同。常遛的人都深有体会。有一位每天来遛的常客，以为从某处经某处，然后出玉渊潭，最有意思。他说："这个弯儿不错。"

　　每天遛弯儿，总可遇见几位老人。常见，面熟了，见到总要点点头："遛遛？"——"吃啦？"——"今儿天不错，——没风！"……

　　几位老人都已经八十上下了。他们是玉渊潭的老住户，有的已经住了几辈子。他们原来都是种地的，退休了。身子骨都挺硬朗。早晨，他们都绕长堤遛弯儿。白天，放放奶羊，莳弄莳弄巴掌大的一块菜地，摘一点喂鸡的猪儿草。晚饭后大都聚在湖北岸水闸旁边聊天。尤其是夏天，常常聊到很晚。这地方凉快。

　　我听他们聊，不免问问玉渊潭过去的事。

　　他们说玉渊潭原本是一片荒地，没有什么人来。只有每年秋天，热闹几天。城里很多人到玉渊潭来吃烤肉，——北京人不是讲究"贴秋膘"吗？各处架起烤肉炙子，烧着柴火，烤肉的香味顺风飘得老远……

秋高气爽，到野地里吃烤肉，瞧瞧湖水，闻着野花野草的清香，确实是一件乐事。我倒愿意这种风气能够恢复。不过，很难了！

老人们说：这玉渊潭原本是私人的产业，是张××的（他们把这个姓张的名字叫得很真凿，我曾经记住，后来忘了）。那会儿玉渊潭就是当中有一条陆地，种稻子。土肥水好，每年收成不错，玉渊潭一带的人，种的都是张家的地。

他们说：不但玉渊潭，由打阜成门，一直到现在的三环路，都是张××的，他一个人的。

（这可能么？）

这张××是怎么发的家呢？他是做"供"的。早年间北京人订供，不是一次给钱，而是分期给，按时给，从正月给到腊月，年底下就能捧回去一盘供。这张××收了很多家的钱，全花了。到了年根，要面没面，要油没油，拿什么给人家呀！他着急呀，睡不着觉。迷迷糊糊地，着了。做了一个梦。梦里听见有人跟他说：张××，哪儿哪儿有你的油，你的面，你去拉吧！他醒来，到了那儿，有一所房，里面有油，有面。他就赶着车往外拉。怎么拉也拉不完。怎么拉，也拉不完。起那儿，他就发了大财了！

这个传说当然不可信，情节也比较一般化。不过也还有点意思。从这个传说让我了解了几件事。

第一，北京人家过年，家家都要有一盘供。南方人也许不知道什么是"供"。供，就是面搓成指头粗的条，在油里炸透，蘸了蜂蜜，堆成宝塔形，供在神案上的一种甜食。这大概本来是佛教敬奉释迦牟尼的东西，而且本来可能是庙里制作的。《红楼梦》第一回写葫芦庙中炸供，和尚不小心，油锅火逸，造成火灾，可为旁证。不过《红楼梦》写炸供是在三月十五，而北京人家摆供则在大年初一，季节不同。到后来，就不只是敬给释迦牟尼了，天上地下，各教神仙都有份。似乎一切神佛都爱吃甜东西。其实爱吃这种甜食的是孩子。北京的孩子大概都曾乘大人看不见的时候，偷偷地掰过供尖吃。到了撤供的时候，一盘供就会矮了一截。现在过年的时候，没有人家摆供了，不过点心铺里还有"蜜供"卖，只是不复堆成宝塔形，而是一疙瘩一块的。很甜，有一点蜜香。

第二，我这才知道，北京人家订供，用的是这种"分期付款"的办法。分期付款，我原以为是外国传来的，殊不知中国，北京，古已有之。所不同的，现在的分期付款是先取了东西，再陆续付钱，订供则是先钱后货。小户人家，到年底一次拿出一笔钱来办供，有些费劲，这样零揪着按月交钱，就轻松多了；做供的呢，也可以攒了本钱，从容备料。买主卖主，两得其便。这办法不错！

第三，这几位老人对这传说毫不怀疑。他们是当真事儿说的。他们说张××实有其人，他们说他就住在三环路的南边。他们说北京人有一句话："你有钱！——你有钱能比得了张××吗？"这几位老人都相信：人要发财，这是天意，这是命。因此，他们都顺天而知命，与世无争，不作非分之想。他们勤劳了一辈子，恬淡寡欲，心平气和。因此，他们都长寿。

一九八六年一月十三日

梨园古道

郝寿臣

　　郝寿臣被任命为北京市戏校校长，就任那天，要和学生讲话，由秘书写了一个讲稿，大意谓：旧社会艺人很苦。戏班不善老，不养小。有人一辈子挣大钱，临了却冻饿而死，倒卧街头。现在你们有这样好的条件，这样好的教室，这样好的宿舍，练功有地毯，教戏有那么好的老师，你们应该感谢党，好好练功，好好学戏。郝老讲了这儿，情绪激动，把讲稿举起，一手指着讲稿，说："他说得真对呀！"台下学生噗嗤一声，都笑了。

　　赞曰：

> 人代立言，
> 己不居功。
> 老老实实，
> 古道可风。

姜妙香

　　姜妙香人称姜圣人。

在北京，有一天晚上，姜先生赶了两包[1]，坐洋车回家。冬天，洋车上遮了棉帘子。到西琉璃厂，黑影里窜出一个人来，对拉车的喝叫一声："停！"洋车停了。又向车里喝了一声："下来！"姜先生下车。"把身上的钱都拿出来！"姜妙香从怀里掏出两个纸包，说："这是我今天挣的戏份[2]。这一包是长安的，这一包是华乐的，您点点。"

另一次，在上海，姜先生遇见了"抄靶子（即劫道）"的。"站住！——把身浪厢值钱个物事才拿出来！[3]"姜先生把东西都交了出来，"抄靶子"的走了，姜先生在后面叫他："回来回来！"——"……？""——我这儿还有一块表，你要不要？"

事后，他的学生问他："姜先生，您真是！他都走了，你还叫他回来，您这是干什么！"姜先生说："他也不容易呀！"

赞曰：

时时处处，
为人着想。
如此古风，
谁能摹仿？

谭富英

谭富英有时很"逗"，有意见不说，却用行动表示。他嫌

---

[1] 一个晚上在两个以上剧场参加演出，谓之"赶包"。

[2] 以前唱戏，都是当晚分发应得的报酬，即"戏份"。

[3] 这是上海话，译为普通话，即"把身上值钱的东西都拿出来"。

谭小培给他的零花钱太少了，走到父亲跟前，摔了个硬抢背。谭小培明白，富英的意思是说：你给我的钱太少，我就摔你的儿子！五爷（谭小培行五，梨园行都称之为五爷）连忙说："哎呀儿子！有话你说！有话说！别这样！"梨园行都说谭小培是个"有福之人"。谭鑫培活着时，他花老爷子的钱；老爷子死了，儿子富英唱红了，他把富英挣的钱全管起来，每月只给富英有数的零花。富英这一抢背，使他觉得对儿子克扣得太紧，是得给长长份儿。

有一年，在哈尔滨唱。第二天谭富英要唱的是重头戏，心里有负担，早早就上了床，可老睡不着。同去的有裘盛戎。他第二天的戏是一出"歇工戏"。盛戎晚上弄了好些人在屋里吃涮羊肉，猜拳对酒，喊叫喧哗，闹到半夜。谭富英这个烦呀！他站到当院唱了一句倒板："听谯楼打九更……""打九更"？大伙一愣，盛戎明白，意思是都这会儿了，你们还这么吵嚷！忙说："谭团长有意见了，咱们小点儿声，小点儿声！"

有一个演员，练功不使劲，谭富英看了摇头。这个演员说："我老了，翻不动了！"谭富英说："对！人生三十古来稀，你是老了！"

谭富英一辈子没少挣钱，但是生活清简。一天就是蜷在沙发里看书，看历史（据说他能把二十四史看下来，恐不可靠），看困了就打个盹，醒来接茬再看，一天不离开他那张沙发。他爱吃油炸的东西，炸油条、炸油饼、炸卷果，都欢喜（谭富英不说"喜欢"，而说"欢喜"）。爱吃鸡蛋，炒鸡蛋、煎荷包蛋、煮鸡蛋，都行。抗美援朝时，他到过朝鲜，部队首长问他们生活上有什么要求？他说想吃一碗蛋炒饭。那时朝鲜没有鸡蛋，部队派吉普车冒着炮火开车到丹东，才弄到几个鸡蛋。为此，裘盛戎在"文革"中又提起这事。谭富英跟我小声说："我哪儿知道几个鸡蛋要冒这样的危险呀！知道，我就不吃了！"谭富英有个"三不主义"：不娶小、不收徒、不做官。他的为人，梨园行都知道。江青曾说谭富英正正派派，老老实实，唱戏这样，做人也这样。看来对他是了解的，但在"文革"中，她却要谭富英退党（谭富英是老党员）。江青劝退，能够不退吗？谭富英把退党是很当回事的。他生性平和恬淡，宠辱不惊，那一阵可变得少言寡语，闷闷不乐，很久很久，都没有缓过来。

谭富英病重住院。他原有心脏病，这回大概还有其他病并发，已经报了"病危"，服药注射，都不见效。谭富英知道给他开的都是进口药，很贵，就对医生说："这药留给别人用吧！我用不着了！"终于与世长辞，死得很安静。

赞曰：

生老病死，
全无所谓。
抱恨终生，
无端"劝退"。

去年属马

剧本·裘盛戎

裘盛戎

本剧的许多情节是虚构的。

时　间　一九五九年至一九七七年

地　点　北京、江西某矿

人　物

　　　　裘盛戎

　　　　戴传戎　裘盛戎的爱徒

　　　　裘小戎　裘盛戎之子

　　　　朱盛斌　唱丑的

　　　　侯长有　裘盛戎的跟包

　　　　张韵武　裘盛戎的大徒弟

　　　　徐　岛　剧团编导

　　　　江　流　电影女导演

　　　　杨　兮　话剧演员

　　　　吴国春　足球运动员

　　　　许红樱　唱二旦的。造反派头头

苗志高 造反派

老 季 剧团团长,后被结合为革委会副主任

老 王 掏粪工人

剧团演员若干人

文武场面若干人

电视录像工作人员

红卫兵

第一场 裘门有后

〔一九五九年秋。

〔某大剧场后台化妆室，宽敞明亮，菊花盛开。

〔幕启：台上的《姚期》打住了，裘盛戎正在谢幕，掌声如同暴雨。

〔侯长有正在准备卸妆用具。

侯长有　（唱）我傍着盛戎天下走，

　　　　　　　　到如今无净不宗裘。

　　　　　　　　老天爷没有白长我这两只手，

　　　　　　　　对得起几十年的烧酒馒头！

　　　　　　〔朱盛斌穿着大太监的服装上，卸妆。

侯长有　盛斌，辛苦啦！

朱盛斌　侯哥，您辛苦！

　　　　　　〔许红樱穿郭妃服装上。

许红樱　这他妈的裘盛戎，得了那么多好！

朱盛斌　你眼气？玩意儿在那儿摆着哪！

许红樱	我就不信！有朝一日，我叫马、谭、张、裘，全都陪着我唱唱！
朱盛斌	你？——许红樱？木头眼镜，我有点瞧不透！
许红樱	你就等着瞧！（穿着水衣子，挟了自己的衣服下）
侯长有	凉药！

〔掌声犹在继续。

朱盛斌	盛戎这二年，真是到全盛的时期。嗓音、岁数、功夫、火候！去年得了个儿子，又收了个好徒弟，真是人逢喜事精神爽，月到中秋分外明，他高兴着哪。
侯长有	高兴？这两天他可不高兴呀。起前儿晚上起，就一个人生闷气。
朱盛斌	生气？跟谁？
侯长有	就跟他那徒弟。
朱盛斌	跟戴传戎？为什么？
侯长有	看了他一出《姚期》。
朱盛斌	没唱好？
侯长有	没唱好。
朱盛斌	没唱好，你跟他说嘛，生的哪门子气呀！
侯长有	你还不知道他那脾气？徒弟唱不好，比他自己唱砸了还别扭。
朱盛斌	嗳，对徒弟那么下心，也真少见。真是师徒如父子。
侯长有	恨铁不成钢啊！

〔戴传戎捧着裘盛戎的白满上。

朱盛斌	嗨！这口白满，长过磕膝盖，哪找去！
侯长有	（对戴传戎）这还是你师爷爷的东西哪！这口白满，盛戎谁也不让戴。他的徒弟里，就让你一个人戴，

你可得好好地学玩意儿，别辜负了师父的一片心哪！

戴传戒　嗳，嗳，我一定对得起他。

　　　　　〔张韵武作姚刚扮相，捧裴的小茶壶上。

　　　　　〔裴盛戎穿着《姚期》末场的服装，揿了头。上。

　　　　　〔老季、电影女导演、话剧演员、运动员，新闻记
　　　　　者多人蜂拥而上。纷纷向裴盛戎道辛苦。

吴国春　裴老板，您今儿这戏真是解恨！过瘾！

裴盛戎　谢谢大家，谢谢大家捧场。多提意见，多提意见！

江　流　盛戎，我看过你的《姚期》，大概总不下有三十场
　　　　　了，从来没有像今天这样精彩。台下这一千四百观众，
　　　　　都听傻了。他们会永远忘不了这次演出。

裴盛戎　我今天这场戏，是为了这一千四百个观众，还特别
　　　　　为了第一千四百零一个观众。

杨　兮　第一千四百零一个观众？谁？

裴盛戎　（指戴传戒）他。

吴国春　（对戴传戒）你？

戴传戒　是为我。前天我刚刚演了一场《姚期》。

杨　兮　是让你来对照对照，找找差距？

吴国春　怪不道今儿那么"卯"上！

裴盛戎　（对戴传戒）戴传戒，你说说，你那场《姚期》演
　　　　　得怎么样？好不好？感人不感人？

戴传戒　不好。

裴盛戎　总算知道不好。你说说你哪儿不好。

戴传戒　我说不上来。

裴盛戎　说不上来？自己演的戏，自己说不出哪儿好，哪儿
　　　　　不好？我国的演员，京剧演员，一方面要演人物，

要"入"进去；（指电影导演、话剧演员）用他们的说法，是"进入角色"。同时，又清清楚楚地知道自己是怎么演的。手、眼、身、步、法，表达了什么感情，怎么表现的，产生了什么效果，多大多小，多快、多慢，身上是怎么使的，嗓音是怎么用的，清清楚楚！我在唱的时候，浑身上下，哪儿使劲，心里都是清楚的。说一句"糙"话，我在唱某几个字的时候，肛门都往上噘。好角儿，没有糊里糊涂地在台上演戏的。

裘盛戎　我再问问你，我的"好"是在哪儿得的？

戴传戎　在"小奴才"那儿。

裘盛戎　不对。

侯长有　怎么不对？每回你只要一跺脚，"小奴才……""好"就下来了，从来没有"漂"过。

裘盛戎　（向戴传戎）不对。电灯，是哪儿亮的？

戴传戎　灯泡。

裘盛戎　唔！不对。——是电门。你不按电门，它就亮了啊？你看看这菊花，开得多好啊！它是哪天开的？它是从长叶子，坐骨朵的那天就准备好了。先得把戏做足了。就跟水库似的，先蓄水，把感情憋足，一开闸，哗——，水就下来了。马先生有一句话——

杨　兮　哪个马先生？

裘盛戎　马连良。"先打闪，后打雷。"

江　流　"先打闪，后打雷"，好极了！这是中国表演艺术的精华！

徐　岛　吴梅村记柳敬亭说书，说他能做到"言未发而哀乐具乎其前"，就是这个意思。

裘盛戎　　老徐，你再说一遍。

徐　岛　　"言未发而哀乐具乎其前。"

裘盛戎　　"言未发而哀乐具乎其前"，"言未发，——而哀，
　　　　　乐，具乐其前"！好！太好了！（对戴传戎）带着
　　　　　笔记本没有？

戴传戎　　带着哪。

裘盛戎　　记下来，记下来！我问你"儿是姚刚"这句话是什
　　　　　么意思？

戴传戎　　……

裘盛戎　　自己的儿子，他会不认识吗？这是气极了的话。你！
　　　　　姚刚！你真是好样的！你给我闯下这么大的祸！
　　　　　"嘻嘻嘻嘻"他为什么会笑？这是苦笑，惨笑，气
　　　　　笑，比哭还要难受的笑。人到了哭都哭不出来的时
　　　　　候，反而会笑，你有这个经验吗？（戴传戎记笔记。
　　　　　江流也掏出笔记本一边捉摸，一边记。）

江　流　　盛戎，"小奴才"这一句的唱腔是你的创造吧？

裘盛戎　　早年间不这样唱。京剧也没有这样的腔。这是山西
　　　　　梆子的哭头，原本是旦角的腔，我给借了来，化了
　　　　　化。用我们内行的话，这叫捋叶子。

杨　兮　　这个叶子捋得好。文章本天成，妙手偶得之！

裘盛戎　　韵武，咱们来来这一段，叫他看看。——你累不累？

张韵武　　不累！

　　　　　〔裘盛戎与张韵武表演"小奴才"一段。

　　　　　〔江流拍照。

　　　　　〔众鼓掌。

杨　兮　　听你说了戏，再看表演，我的感受更深了。真是的，
　　　　　　闻君一夕话，胜读十年书。

裘盛戎　　哪里哪里！我是个没有文化的文化人，没有知识的
　　　　　　知识分子。

江　流　　盛戎，我几年来一直想拍一部《裘盛戎的舞台生活》。
　　　　　　我有一个想法，除了你的几出名剧，想把你的一些
　　　　　　艺术见解也记录下来。想找个时间跟你谈谈。你什
　　　　　　么时候得空？

裘盛戎　　你随时来，只要打一个电话。不过，我没有什么独
　　　　　　到的见解，都是老一辈传下来的。

　　　　　〔裘盛戎卸妆。

　　　　　〔江流从提包里取出一个纸包。

江　流　　盛戎，我们几个人送你一件礼物。

裘盛戎　　哦？

　　　　　〔江流打开纸包，是泥人张捏的一个二尺来高的姚
　　　　　　期造像。

侯长有　　姚期！

朱盛斌　　真像嗳！

裘盛戎　　真是活灵活现！我收下了，谢谢你！

吴国春　　这不是给你的，是给你的儿子的。

江　流　　今天不是你儿子的周岁吗？按北京的老风俗，得抓
　　　　　　周。我们给他添一样东西。

裘盛戎　　这他要是抓了这个，赶明儿就是个唱戏的啦？

杨　兮　　我们希望他继承你的衣钵。克绍箕裘。

裘盛戎　　好好好，谢谢各位的美意。

朱盛斌　　盛戎，你晚年得子，又收了个好徒弟，真是双喜临

门哪！

侯长有　想当年，他在上海卖胰子的时候，在大舞台当底包，
混得连彩裤都当了，不想也有今天哪！

裘盛戎　想我裘盛戎啊！

（唱）　初次登台才十六，

在艺术的大海里浮沉漂泊数十春秋。

我也曾夹着靴包当下手，

我也曾咸菜白水就窝头。

若不是共产党将我救，

早已是流落街头喂了狗。

篱边的菊花如锦绣，

树上的果子正成熟。

你说是人到中年万事休，

我说是一年好景是中秋。

今儿个大伙全别走，

我家里有好菜好酒。

谁也不许把杯扣，

都得到开怀痛饮，一醉方休！

杨　兮　好！我们陪你一宵！

吴国春　喝你的斧头牌三星白兰地去！

裘盛戎　你们先到我家去，我洗洗脸就来。盛斌、侯哥，都
去！韵武你陪着！季团长，您也去玩玩？

老　季　我，啊。我明天还要做一个报告，不陪啦，不陪啦。
盛戎同志，你也少喝一点，保护嗓音，啊！

裘盛戎　谢谢您，我喝不了多少。您走啦？

老　季　不送！不送！（下）

〔众下，只余戴传戒。

裴盛戎　这是怎么啦?

戴传戒　我惹师父生气啦。

裴盛戎　嗨！我这不是已经不生气了吗？快家去，真叫你师
　　　　娘一个人忙活呀！

　　　　〔戴传戒欲下。

裴盛戎　（举姚期泥人）把这个带着。

戴传戒　嗳！

裴盛戎　真是个好苗子呀！

幕落

第二场　剪白满

　　〔一九六六年夏，"文化大革命"初期。裘盛戎家的客厅。
墙上挂着叶浅予画的裘盛戎扮演姚期的画像。旁边贴着一张
"勒令"："反动权威裘盛戎立即将家中四旧准备好，等着
我们来破。如敢隐藏转移，后果自负！切切此令红缨公社。"
客厅内外杂放着圆笼、马鞭之类的"四旧"。桌上有一个唱机
和一叠唱片。

　　〔幕启：侯长有正往外搬"四旧"。

　　〔徐岛上。

徐　岛　　（唱）家家收拾起，

　　　　　　　　　户户不提防。

　　　　　　　　　父子成两派，

　　　　　　　　　夫妇不同床。

　　　　　　　　　访旧半为鬼，

　　　　　　　　　惊呼热中肠。

　　　　　　　　　茫茫九万里，

　　　　　　　　　一片红海洋！

侯哥，您这是？——

侯长有　哦，徐先生。把这些"四旧"归置归置，等着红卫兵来抄家。

〔徐岛捡着了几件"四旧"，看到一个锦盒。

徐　岛　这是什么？

侯长有　盛戎历年的剧照。

徐　岛　拿出来我瞧瞧。

侯长有　您还瞧它干什么！

徐　岛　瞧一眼是一眼。

侯长有　唉，这都是什么事！

徐　岛　（看剧照）这是哪年拍的？都发黄啦。

侯长有　这是《阳平关》，那年盛戎才出科，跟杨老板一块拍的。

徐　岛　杨小楼？——他跟杨小楼同过台？

侯长有　那年，盛戎才搭班唱戏。杨老板正在后台扮戏，听见前面打虎头引子，他把描眉毛的笔放下了："这是谁？"——"裘桂仙的儿子"——"唔，他将来非红了不可！"老一辈的好角，就是有眼力，能识人！

徐　岛　这是——

侯长有　《白良关》哪！这是金少山。金老板的大黑，盛戎的小黑。多会儿金老板一唱这个戏，总得要约盛戎的小黑。盛戎从来不"啃"金老板，可是他一个人能要下一半好来。

徐　岛　这是？

侯长有　《恶虎村》。

徐　岛	他还能来这个？
侯长有	来过！大大个儿，二大个儿，都来过。那会儿，什么都唱。哪像现在，你看看那个许红樱，连个二旦都没唱好，就想唱中间的！不长本事，光长脾气！
徐　岛	嗳，你不能提她哟，人家这会儿是响当当的造反派。
侯长有	我听说过梅派、程派、马派、麒派，哪儿又出来个"造反派"来了！——瞧这个，朱光祖！
徐　岛	他能唱武丑？

〔朱盛斌上。

朱盛斌	能唱！他要是不唱花脸，我就没饭了。
侯长有	有日子没见，盛斌，您倒好？
朱盛斌	好！太好了！
徐　岛	打哪儿来？
朱盛斌	大街上。
侯长有	这是什么时候了，您还逛大街？
朱盛斌	我瞧热闹去了。咱没有瞧见过呀。嘿，真开眼哪！

（念）大卡车，连成了串儿，

车上坐的造反派儿。

红袖章，柳条帽儿，

绷着脸儿不带笑儿。

手里攥着消防用的大铁枪，

瞧着全都瘆得慌。

长安街，王府井儿，

人人夹着红纸、墨汁、广告色儿。

东单西单大辩论，

谁都正确都占着理儿。

兵团、公社、战斗队，

高音喇叭吵得人人没法睡。

粗着脖子红着脸儿，

吞符上法附了体儿！

这究竟为的是什么事儿？

什么年月今儿是几儿？

徐 岛	盛斌，你还是那么爱逗！
朱盛斌	徐大导，不是我爱逗，我是不懂啊。你们这是，——哦，等着来抄家哪？盛戎哪？
侯长有	在里屋。
朱盛斌	干嘛呢？
侯长有	太太病啦。
朱盛斌	病啦？这年头，生病可不好，没地方抓药去，你找不着门！都一样，大红油漆门脸，"四海翻腾云水怒，五洲震荡风雷激"。油盐店也"激"，山货铺也"激"，真是够急的。怎么病啦？
侯长有	吓病啦。
朱盛斌	唉！真够吓人的。你们主动点也好，在劫难逃。凡事要争取主动，我给你们都带来了。
徐 岛	带了什么啦？
朱盛斌	（从提包里取出两顶纸帽子）瞧瞧！——这是盛戎的。
徐 岛	（念帽子上的字）"反动权威"，合适。
朱盛斌	这是您的。
徐 岛	（念）"牛鬼蛇神"，合适。
侯长有	喝，您一人占了四样。盛斌哎，您自己的呢，您不

像我，您有这么一号呀。

朱盛斌　有哇。（取出一顶蛐蛐罩，上书四个大字："跳
　　　　梁小丑"）我是唱丑的，开口跳，正应该戴这个。
　　　　（指裘盛戎的画像）这个也该拿下来啦，这不是
　　　　碍眼吗！
　　　　〔侯长有取下画像。

朱盛斌　这是盛戎的唱片？

侯长有　一张不缺，都在这儿。

朱盛斌　我听听。
　　　　〔朱盛斌打开唱机，每张唱片听了一两句。

朱盛斌　真好，字是字，味是味，哪儿找去！再也听不着啰！

侯长有　只要盛戎不死，您还能听得着！就是盛戎，哎，我
　　　　说句不好听的话，就是他死了，您也还能听得着。
　　　　您记着我这句话：玩意儿，比人活得还长！

朱盛斌　有你这么一说。人去留名。雁去留声。
　　　　〔裘盛戎一手抱着首饰盒，一手提了一双白高跟鞋
　　　　上。

裘盛戎　盛斌，盛斌，你这是干什么！你不是给我惹事吗！

朱盛斌　我听会子。他们不还是没有来吗！

裘盛戎　这都是帝王将相！

朱盛斌　"帝王将相"，帝王将相怎么啦？咱们在科班里就
　　　　是这么学的。帝王将相也得择巴择巴嘛。噢，一簸
　　　　箕全给撮出去啦？

裘盛戎　这会动摇经济基础！

朱盛斌　"经济基础"？这经济基础是个啥样儿，您拿出来
　　　　叫我们瞧瞧呀！哦，鞍钢、百货大楼、十三陵水库，

你叫我动摇，我摇得动吗？

裘盛戎　　盛斌，你别这样。这"文化大革命"，是毛主席他老人家亲自发动的。共产党说的话，多会儿错过？咱们不懂，咱们学。咱们跟着、顺着，就是挨了打，丢了东西，只要是对咱这个国有好处，咱们不掉一滴眼泪，家里的，刚才我还劝了她半天。咱们不许有一丁点儿的抵触情绪！

（唱"滚板"）

文化大革命史无前例。

咱们可别当了阻碍运动的绊脚石。

唱戏放毒，害人害己，

也真该洗一洗身上的污泥。

一不做工，二不种地，

凭什么挑样儿吃饭，按季穿衣？

这些东西，来之不易，

可都是身外之物，抄了、毁了、不可惜。

脱胎换骨，从头做起，

为人民，出一把力，也还来得及。

裘盛戎还不是坏到底，

我相信，一定能跟着党，对得起毛主席！

（问侯长有）咱们的"四旧"，都在这儿啦？

侯长有　　都在这儿啦！

裘盛戎　　没有藏着掖着的？

侯长有　　有！

裘盛戎　　哦？

侯长有　　你的那口白满。

裘盛戎　白满！……

侯长有　这口白满，这么大的犀牛尾，长到磕膝盖以下，现在没有你唱《姚期》，挂上它，就能长三分成色！

朱盛斌　白满碍着十三陵水库什么事啦！侯哥，你把它藏起来，有什么娄子，我兜着！

徐　岛　藏起来不好吧，搜出来更麻烦。裘盛戎你拿来，回头我跟他们说说。红卫兵是通情达理的。戴传戎现在不也是红卫兵么？年轻人，要革命，是好事，咱们别掖着。你拿来，拿来！

　　〔侯长有下，取白满上。

侯长有　（唱）什么人兴下这抄家勒令？

朱盛斌　（唱）从古未有的怪事情。

徐　岛　（唱）人身自由无保证，
　　　　　　　　宪法成了一纸空文。

侯长有　（唱）这真是没有辫子怕张勋（读如迅）。

朱盛斌　（唱）唱戏的遇见了红卫兵。

裘盛戎　（取过白满，唱）
　　　　　　　非是我舍弃白满心不忍，
　　　　　　　只因为我对它太有感情。
　　　　　　　那一年在青岛我应约受了聘，
　　　　　　　看报纸才知道：名伶裘桂仙病逝在北平。
　　　　　　　期满我才能把丧奔，
　　　　　　　回家来只看到半间空屋一口灵。
　　　　　　　他未留下三根椽子两根檩，
　　　　　　　只留下生前身后的名。
　　　　　　　他到处寻，逢人问。

一根一根地挑，一根一根地选，

才攒下这一口白满，长过膝盖白似银。

戴上它，我懂得人生有尽艺无尽，

戴上它，我懂得刻苦钻研，不坠家声。

犀牛尾无知它不是反革命，

但愿得红卫兵手下留情。

〔外面一片杀气腾腾的喊叫："造反造反，造反有理"！……

朱盛斌　　来了！

〔侯长有将白满藏在一堆旧报纸里。

〔许红樱率一队造反派上，其中包括戴传戎、苗志高。许红樱胸前挂着一个嵌着毛主席像的镜框。

许红樱　　立定！稍息！拿出语录来！敬祝毛主席万寿无疆！万寿无疆！万寿无疆！祝林副主席身体健康！永远健康！

〔众随之祝颂。

许红樱　　裴盛戎、徐岛、朱盛斌！你们向毛主席请罪！

〔裴盛戎等向许红樱胸前的毛主席请罪。

裴盛戎　　伟大领袖毛主席，我们向您请罪！

许红樱　　你们知道自己是什么罪过吗？裴盛戎！

裴盛戎　　我是反动权威，我演帝王将相，放毒。

许红樱　　你还压制新生力量！你是三名三高！

裴盛戎　　对，我压制新生力量，三名三高。

许红樱　　徐岛！

徐　岛　　我是牛鬼蛇神，我编导了不少帝王将相的坏戏。

许红樱　　朱盛斌！

朱盛斌　　有!

许红樱　　你!

朱盛斌　　（急忙戴上蛐蛐罩）我，跳梁小丑。我破坏了十三陵!

许红樱　　什么?

朱盛斌　　啊不，我没有破坏十三陵，我破坏了十三陵啊……的基础。

许红樱　　什么! 背两条语录!

朱盛斌　　我就会背戏词，别的，我记不住。再说，唱小丑的，很少是死口，随时会加几个字，去几个字。

许红樱　　那你就念一段。

朱盛斌　　照册子念?

许红樱　　什么"册子"，这是"册子"吗? 反动! 第一页第一段!

朱盛斌　　（念）"领导唔们事业的核心力量是中国共产党，指导唔们思想的……"

许红樱　　不对!

朱盛斌　　（又念）"领导唔们事业的……"

许红樱　　不对!

裘盛戎　　（轻轻地）我们! 我们!

朱盛斌　　（再念）"领导唔们事业的核心力量是中国共产党，指导唔们思想的……"

一红卫兵　（上去给朱盛斌一拳）他妈的! 耍滑头!

许红樱　　一边跪着去!

　　　　　〔朱盛斌跪。

许红樱　　裘盛戎! 你们家的四旧都在这儿啦?

裴盛戎	都在这儿了。
许红樱	唔，还有点自觉性。都说你是裴傻子，你可一点不傻。这样多好，省得我们费事。检查检查！

〔红卫兵把盔头、靴子扔了一地。

〔许红樱检查首饰箱。

许红樱	（对苗志高）把这些登一下记，给他开个收条！

〔苗志高开收条。

苗志高	（小声）裴老师，您好好留着。
裴盛戎	嗳！嗳！
许红樱	（举首饰盒）这些，我们带着，其余的，你自己处理了。该砸的砸，该烧的烧，该毁的毁！过两天我们来检查。（指指姚期泥人）把这个也毁了！听见了吗？如果你敢隐藏一件，可别怪我们不客气！造反派的脾气，你们领教过吗？
朱盛斌	唔们正在领教！
许红樱	（挥舞大铜扣皮带，动作都似红卫兵舞，唱）

　　　　天连五岭银锄落，（读如涝）

　　　　地动三河铁臂摇，（摇她的铁臂）

　　　　踏遍青山人未老，（用脚一踏）

　　　　数风流人物，还看今朝！（拍胸）

〔掏粪工人老王背粪斗，持粪杓上。

许红樱	你是干什么的？

〔老王把粪杓在地面前晃了晃。

许红樱	你来干什么？
老　王	掏粪！掏人拉的屎！
许红樱	咱们走！赶下一家！今天任务很紧！

〔许红樱等一阵风似的下。

〔老王下。

〔朱盛斌还在跪着。

侯长有 盛斌，起来吧，走啦！

朱盛斌 走啦？（环视诸人）全须全尾，就算万幸！

〔门外又喊叫"造反造反，造反有理"！

侯长有 坏了，又来啦！

裘盛戎 不会吧？

〔许红樱等上。

许红樱 裘盛戎，你的那副白满呢？

裘盛戎 白满？啊，你说什么？——白满？

许红樱 放傻呀？

侯长有 早没啦！

〔许红樱翻出白满。

许红樱 这是什么？好哇！你伪装顺从，你们灵魂深处还想变天，想复辟！首长说，要跟旧戏"决裂"，你还梦想有朝一日，还要粉墨登场，还要动摇社会主义经济基础，用心何其毒也！是可忍孰不可忍！

裘盛戎 （扑上前，想护住白满）我不再演老戏，不再放毒。我保证！用我的生命保证！我只是想留个纪念！

许红樱 不行！"纪念"？纪念什么？纪念谁？纪念地、富、反、坏、右？

（把白满扔给苗志高，并扔给他一把剪刀）苗志高，给他铰了！

裘盛戎 不能铰！不能铰！铰了就再也没有啦！

许红樱 （夺过剪刀和白满，交给裘盛戎）

你自己铰！

裴盛戎　　（浑身哆嗦）我，我下不去手啊！

　　　　　〔苗志高迟疑。

许红樱　　（夺过剪刀、白满，扔向戴传戎）

　　　　　戴传戎！你铰！

裴盛戎　　传戎！传戎！你不能铰！这是多好的东西啊！传
　　　　　戎！传戎！你就是把我杀了，也别铰它呀！传戎，
　　　　　传戎，你听师父一句话呀！（抓住白满不放）

许红樱　　戴传戎！这是考验你的时候到了！你到底是忠于毛
　　　　　主席，还是忠于裴盛戎！

　　　　　〔裴盛戎与戴传戎争抢白满。

许红樱　　戴传戎！打他！

红卫兵　　（大吼）打他！

戴传戎　　裴盛戎！你闪开！

　　　　　〔戴传戎举起右手，许红樱就势一推，戴传戎一巴
　　　　　掌打在裴盛戎的脸上。裴盛戎撒手。

许红樱　　铰！

　　　　　〔戴传戎举剪刀剪白满。裴盛戎瘫跪。

　　　　　〔老王上，看见地下一堆红扎，偷偷掖起。

许红樱　　（把剪断的白满用脚一踢）走！

老　王　　我真想一粪杓把他们都扛出去！（下）

　　　　　〔裴盛戎爬向白满。

裴盛戎　　（唱）这一剪剪在了我的心窝，
　　　　　　　　浑身无力我的泪扑簌。
　　　　　　　　天哪天哪这是为什么？
　　　　　　　　我真是想死不想活！

〔裘盛戎晕倒。

侯长有　赶快拿一丸安宫牛黄！

幕落

第三场　一块番薯

〔一九六九年，旧历春节。

〔江西某矿，一个祠堂的厢屋，裘盛戎等人体验生活的宿
舍，屋里放着几张竹床。整整齐齐地叠着被窝，墙上有一张"毛
主席到安源"复制品，一条大标语："排好杜鹃山，埋葬帝修
反"！到处是毛主席像章，铝制的、竹制的、瓷烧的。正中有
一张方桌，桌上码着几套毛选、语录，好几个毛主席的瓷像。
半身的、全身的。

〔幕启：徐岛正在方桌上改剧本。

〔外面下着大雪。

徐　岛　　（唱）体验生活到湘赣，

　　　　　　　　　踏遍当年战斗的山。

　　　　　　　　　盛戎的精神真少见，

　　　　　　　　　他心中似有火一团。

裘盛戎　　（内白）好大雪！

　　　　　（唱）漫天大雪万山白！

　　　　　〔裘盛戎、朱盛斌、苗志高及其他演员、鼓师、琴

师上。

裘盛戎 　　（接唱）异乡佳节难忘怀。

　　　　　　　　乡亲的热情深似海，

　　　　　　　　到处把大手伸过来。

　　　　　　　　炭棚里控诉旧世界，

　　　　　　　　掌子面上是戏台。

　　　　　　　　不唱前朝唱现代，

　　　　　　　　转世投胎某又来！

徐　岛 　　喝，一个个都这么高兴！

朱盛斌 　　高兴！到哪里都是热情招待，说是北京的剧团，能上这儿来，深入生活，改造世界观，还送戏上门，太好了，又有草，又有咬……

徐　岛 　　什么叫"又有草，又有咬"啊？

侯长有 　　徐大导，你在剧团里待了这么些年，连"草""咬"都不懂？（举烟卷）"草"就是这个！"咬"就是米希米希！

徐　岛 　　连日本话也出来了！今儿都有什么"咬"啊？

张韵武 　　四个菜一个汤。

朱盛斌 　　外加语录本，纪念章，现在招待剧团，像成了个制度，只要演出点好节目，一概是：四个菜，一个汤，语录本，纪念章。

徐　岛 　　你们今儿又奔了多少纪念章啦？

裘盛戎 　　瞧瞧！大伙都拿出来，不许打埋伏，有重样的，咱们换。

　　　　　　〔大家都把像章拿出来放在桌上，互相品评："这个好""瞧这个"！……

裘盛戎　老徐没有出去，亏了！咱们一人送他一个！"光焰
　　　　无际"我有俩，分你一个！

徐　岛　谢谢你！盛戎，你这回下来，精神焕发，简直成了
　　　　老小孩。

裘盛戎　我高兴！我又能登台唱戏了。照你们文人的话说，
　　　　是又有艺术生命了。艺术生命，这个词是谁想出来
　　　　的？想得好哇！艺术，真是我的生命呀！

徐　岛　真不容易！（指裘穿的"价拨"棉大衣）你多会儿
　　　　穿过这个过冬？

裘盛戎　穿过！那年在上海，我跟侯哥两个人合穿一件棉袍
　　　　子。侯哥这人也真怪，我都混到那个份上了，他还
　　　　舍不得离开我。他拉洋车，卖烟卷，还给我弄二两
　　　　酒，逼着我吊嗓子练功，老徐，您不知道哇，我们
　　　　是患难之交啊！

侯长有　谁叫你是裘盛戎呢！我爱你那点玩意儿，爱你那
　　　　点才！

苗志高　裘老师，你不冷啊？这南方的冬天比北京要冷多
　　　　了！阴冷阴冷的。

裘盛戎　不冷！

朱盛斌　不冷？谁冷谁知道！不冷，不冷你干嘛穿着毛窝就
　　　　进被窝？

裘盛戎　我就是脚怕冷。

朱盛斌　多新鲜！谁不是脚怕冷？冷从脚下起，暖从背上
　　　　来！我见过穿棉衣棉裤睡觉的。没见过不脱棉鞋钻
　　　　被窝！回北京，叫弟妹怎么给你拆洗？

裘盛戎　我自己洗！

侯长有	你洗，你得了吧！你还是给我唱戏吧。
裘盛戎	嗳，我就会唱戏！
	〔一个老师傅，一个小孩，端着一盘炭火，半筐红薯，一箩筐番薯片上。
老师傅	冻坏了吧！南方冬天不比北方。北方冷。可是不潮湿。间间屋里都有火。我们这儿，房檐的水！会拖到地，冷噢！给你们送盆火来，烤烤！
裘盛戎	太谢谢你啦，老同志！您这可真是雪里送炭哪！
老师傅	雪里送炭？哈哈，来来来，尝一点咱们这儿过年吃的玩意儿。
	〔大家抓起来尝。
裘盛戎	（掰了一块沙炒片入口）这是什么？
老师傅	红薯片，我们这也叫番薯。
裘盛戎	怎么会是脆的？
孩　子	这是"沙炒片"。
裘盛戎	哦，沙炒的。
侯长有	这是什么，牛筋牛筋的，挺有个咬劲。
孩　子	这是牛皮片。
侯长有	也是番薯？挺甜！
孩　子	也是番薯，煮熟了晒的。
裘盛戎	那还有半筐生红薯，咱们烤两个吃。
老师傅	炭盆里有几个烤熟了的。
朱盛斌	都是红薯？
老师傅	红薯，过去就是我们这里老百姓的主粮啊。逢年过节，才能吃上一顿净白米的米饭，平常都掺一多半红薯丝。天天吃大米干饭，谁吃得起啊。你们烤着

火，吃着，我还要给别的屋里送去。（下）

裘盛戎　　不下来，咱们哪知道这些啊？（手握番薯，若有所思，轻吟唱）"手握番薯浑身暖，勾起我多少往事到心间……"（对琴师）老唐、老熊，刚才在路上，我想了想"烤番薯"这段腔，有两个地方，我想改改。我哼哼你听听。（哼其两句的腔）

琴　师　　挺好！挺有感情！

裘盛戎　　你拉起来，咱们唱唱，听听！

〔琴师、鼓师操琴、打鼓。

裘盛戎　　（唱）手握番薯浑身暖，

　　　　　　　　勾起我多少往事到心间。

　　　　　　　　我从小父母双亡，讨米要饭，

　　　　　　　　多亏了街坊们问暖嘘寒。

　　　　　　　　大革命，造了反。

　　　　　　　　几次遇险在深山。

　　　　　　　　每到有急和有难，

　　　　　　　　都是乡亲接济咱。

　　　　　　　　一块番薯掰两半，

　　　　　　　　曾受深恩三十年。

　　　　　　　　到如今，山下来了毒蛇胆，

　　　　　　　　杀人放火把父老摧残，

　　　　　　　　稳坐高山不去管，

　　　　　　　　隔岸观火心怎安？……

〔众鼓掌。

徐　岛　　唱得真好，太感人了。

裘盛戎　　是您的词写得好。

徐　岛　　你要是不下来，唱不出这样的感情啊。

裘盛戎　　那是!

　　　　　〔许红樱、老季上。

许红樱　　徐岛! 昨天的戏你是怎么排的?

徐　岛　　是不是有什么错误?

许红樱　　原则性的错误! 你排的群众场面,是怎么回事? "四记头"亮相,是怎么亮的? 什么人亮在头里? 说!

徐　岛　　群众场面? 谁亮在头里? 谁赶上锣鼓,谁亮在头里啊。

许红樱　　亮在头里的,有一个红五类吗?

徐　岛　　红五类? 不能赶得那么巧啊。将将将将……将七令仓! ——头一排都得是红五类?

许红樱　　以后,必须红五类站在人前,狗崽子靠后!

徐　岛　　要不,这场戏您来排。

许红樱　　徐岛! 你知道你现在是什么政治待遇吗?

徐　岛　　……

裘盛戎　　他是"控制使用"。

许红樱　　你哪!

裘盛戎　　我是"戴罪立功"。

许红樱　　知道了就好。你们要永远记着: "夹着尾巴做人! "现在,由老季同志宣布革委会的一项决定!

老　季　　咳,咳,咳……革委会经过研究,认为,裘盛戎同志扮演革命英雄人物,差距很大。因此,决定裘盛戎停止排演。

琴　师　　我们认为盛戎很能理解人物,唱得很好,很有感情,大家希望他能演。

许红樱	我承认，他唱得很好，很有感情，——不但有感情，而且有味儿！谁都爱听，——我也爱听！越是这样，越不能让他们都忘啦：政治标准第一，艺术标准第二！裴盛戎要演出，奔下"好"来，这不是证明整他是错了吗？文化大革命，是搞错了吗？
裴盛戎	好，我服从革委会的决定，我不演。明天，我就回北京。
许红樱	你不能回去！
裴盛戎	我待在这里干什么呢？
许红樱	你得把他（指苗志高）教会！要叫他唱得像你！胜过你！这是政治任务。
裴盛戎	他？……
许红樱	你看他条件不好是不是？他五音不全，上下身不合，这你知道，可是，他是红五类不是？
裴盛戎	是。
许红樱	他有没有毛泽东思想？
裴盛戎	……有。
许红樱	还是的！红五类必须占领舞台！有了毛泽东思想，一切人间奇迹都可以创造出来！没有煤，可以有煤！没有铁，可以有铁！没有嗓子，可以有嗓子！精神变物质，你懂不懂？
裴盛戎	我不懂。我就知道：子弟无音客无本。
许红樱	你那是机械唯物论！不懂，学！学一点辩证法！
裴盛戎	嗳，我学，我学。学"辩——证——法"。
老 季	盛戎同志，不要难过。
裴盛戎	我不难过。
老 季	想开一点。

裘盛戎　　嗳，我想得开。——你们走啦。不送啊。

　　　　　　〔老季、许红樱下。

　　　　　　〔张韵武拿着一封信上。

张韵武　　裘老师，传戎来信问您好。

裘盛戎　　哦，他来信啦？他现在在哪儿？

张韵武　　调南京了。他说他没脸给您写信，听说你到南方体
　　　　　　验生活，要演现代戏，您的艺术又可以得到发展，
　　　　　　很替您高兴，希望您注意身体，好好地为现代戏贡
　　　　　　献力量。

裘盛戎　　谢谢他，"为现代戏贡献力量"，为现代戏贡献力
　　　　　　量。嘿嘿，嘿嘿嘿……

　　　　　　（唱）传统戏，不能唱，

　　　　　　　　　我挥手告别了大衣箱。

　　　　　　　　　实指望在现代戏上贡献力量，

　　　　　　　　　又谁知一瓢凉水我的遍体凉。

　　　　　　　　　我曾说就是死，也要死在台毯上，

　　　　　　　　　谁承想再不能走进后台去化妆。

　　　　　　　　　从今后我该干点什么好呢？

　　　　　　　　　除了唱戏，我可是一无所长。

　　　　　　　　　我还不到七老八十拄拐杖，

　　　　　　　　　难道说就叫我遛遛大街，逛逛公园，晒晒
　　　　　　　　　太阳？

　　　　　　　　　谁知道我的苦闷？

　　　　　　　　　谁了解我的心肠？

　　　　　　　　　我的心好比是一朵雪花儿，

　　　　　　　　　在黑夜里飘飘荡荡！

　　　　　　　　　迷茫，怅惘，凄凉。……

〔老季、许红樱陪矿工、农民上。

老　季　矿上的工友，附近的乡亲看望大家来了。

众　给你们拜年。

演员们　请坐请坐，床上坐。

一矿工　冷吗？

演员们　不冷，不冷。

一矿工　我们来呀，一来是来看看你们生活得怎么样，缺什么不缺。

演员们　挺好，挺好，不缺，什么都不缺。

一矿工　再呢，是想请你们给我们唱两段。

许红樱　好，我给大家唱。

一矿工　你的我们听过了，我们想请老裴唱。

裴盛戎　我？（向老季）我能唱吗？

老　季　唱什么呢？

裴盛戎　唱一段毛主席语录吧。

老　季　语录？（向许红樱）那可以吧！

许红樱　唱吧！

裴盛戎　（唱）群众是真正的英雄，

　　　　　　而我们自己则往往是幼稚可笑的。

　　　　　　不了解这一点，

　　　　　　就不能得到起码的知识。

　　　　　　不了解这一点，——

　　　　　　就不能得到起码的知识！

〔众热烈鼓掌。

幕落

第四场　安宫牛黄丸

〔一九七一年春夏之交。

〔裘盛戎家的客厅。茶几上一盆盛开的杜鹃花。桌上放着《杜鹃山》的剧本。旁置鼓板、胡琴。

〔幕启：裘盛戎戴着花镜在看剧本。裘小戎伏案做作业。

裘盛戎　　（轻声哼唱）

我也曾帮工抬轿十四年整，

肩膀上压的是地主豪绅。

三伏天一盆炭火头上顶，

到冬来冻裂双脚血淋淋……

冻裂双脚……

血……淋淋！

〔拉起胡琴大声唱了这几句。

〔徐岛、朱盛斌、张韵武上。

朱盛斌　盛戎，你在干嘛呢？

裘盛戎　（唱）冻裂双脚血淋淋！

朱盛斌	阳春三月，会冻脚？
	〔裘盛戎伸出三个指头。
朱盛斌	（也伸出三个指头）……？
徐　岛	这是《杜鹃山》第三场的词儿，盛戎老惦着这第三场。
裘盛戎	（问张韵武）这些天我身体不好，也没上团里去，这第三场，怎么样啦？
张韵武	……
徐　岛	第三场全改啦！说是不能叫二号人物压过一号人物。
朱盛斌	我说你这个人是怎么啦？不叫你唱，叫你设计唱腔，你也干。到如今，连剧本都改啦，你那腔也留下不多啦，你还惦着！你是得了"戏癌"啦！老这么"三"呀"三"的，你还有完没有？
裘盛戎	我这个人闲不住哇！一天不想着唱戏，我就没着没落的。
朱盛斌	你是贱骨头！你有这口"累"！你不想它，少给你一个锕子儿啦！你瞧我，看传达室，省事省心，益寿延年。
裘盛戎	唉，没法子呀！
	〔江流上。
江　流	盛戎！
裘盛戎	江流同志！哎呀，可有日子没见了！我听说，你为我，还吃了"挂落儿"啦，说是您挨了批斗，罪状之一，就是要拍《裘盛戎的舞台生活》？怎么样？过去啦？
江　流	过去啦。没什么。（轻声）我是检查啦。可是，我

没有死心。总有一天，我还要拍！——盛戎，门口
有一个人要见你。

裴盛戎　谁？快请进来！

　　　〔老王上。

老　王　裴老板！

裴盛戎　王师傅！

老　王　我一直想来瞧瞧您，有几句话想跟您说。我是个掏
粪的，您不嫌弃吗？

裴盛戎　您说哪儿去了！

老　王　我，我们，喜爱您的玩意儿！我们一个班的哥们托
我告诉您：天，不能老是阴着。它总是有个出太阳
的时候。您总有一天，还会登台。我们这些卖力气的，
盼着您唱！我们，想着您！就这么两句话。多保重！

裴盛戎　我谢谢您！

老　王　您可千万别灰心！

裴盛戎　嗳！嗳！

老　王　我走了。（下）

江　流　盛戎，你听听群众的声音！

　　　（唱）这世界不会永远这样的不公正，

　　　　　　上峰何苦困才人！

　　　　　　人民没有忘记你，

　　　　　　背巷荒村，更深半夜，还时常听得到裴派的

　　　　　　唱腔，一声半声。

　　　　　　谁能遮得住星光云影？

　　　　　　谁能从日历上勾掉了谷雨、清明？

　　　　　　我愿天公重抖擞，

落花时节又逢君！

裴盛戎　　咳！《牧虎关》里有那么一句：

　　　　　（唱）"为社稷拉断了宝雕弓枉费劳心！"

　　　　　〔外汽车喇叭声，许红樱、苗志高上。

许红樱　　裴盛戎！你这是怎么啦，穷泡呀？

裴盛戎　　……

许红樱　　烤番薯这段唱，经我们研究，暂时保留。可苗志高
　　　　　到现在还没唱会，你是怎么教的？

苗志高　　裴老师真下了功夫，是我底子太差。

许红樱　　月底要彩排，你必须把他教会。这是态度问题！文
　　　　　化大革命以前，你教徒弟，怎么那么卖劲儿呀？怎
　　　　　么着，是还要给你买两条大中华，提两个蒲包是怎
　　　　　么的？我告诉你：这些情况我们要向上汇报。你那
　　　　　个《姚期》里不是有这么几句词吗？"伴君如伴虎，
　　　　　如羊伴虎眠。一朝龙颜怒，四体不周全！"吃不了，
　　　　　你就兜着走！（对苗志高）今儿我值班，说不定首
　　　　　长会有指示，有事给我打电话！——朱盛斌，你别
　　　　　老在这儿搅和！回见！（下）

　　　　　〔汽车开动声。

朱盛斌　　吃错啦？

裴盛戎　　咱们说戏，咱们说戏。昨儿说到了"每到有急和有
　　　　　难，都是乡亲接济咱"，今天接荏往下说。你把下
　　　　　面四句唱唱。

苗志高　　（唱）一块番薯掰两半，

　　　　　　　　曾受深恩三十年。

　　　　　　　到如今，山下来了毒蛇胆，

杀人放火把父老摧残……

裴盛戎　好，好，"掰两半"不要使大的劲，要轻一点，虚一点，不要有很多共鸣，只要在嘴里唱就行了。"半"字不要出得太快，要在嘴里揉一揉，再出来，（示范）——"半"。"深恩"要唱得很深厚，要用丹田气，最后把音归到两眼之间，要自己觉到。（示范）"曾受深——恩——"你来来。

苗志高　"深——恩"，"深——恩……"

裴盛戎　不要着急，慢慢练。下去自己多找找，有轻、有重，一虚、一实，这样才——

徐　岛　才有对比。

裴盛戎　才有对比。你看过齐白石的画没有？有的地方很浓，有的地方很淡。"半"字"恩"字送出去，还得收回来，不能撒出去不管。每个字都得把它唱圆了。前几天老徐跟我讲写字的道理，是怎么说的？

徐　岛　"无往不复，无垂不缩。"

裴盛戎　你给他讲讲。

徐　岛　会写字的人，都有"回笔"。一笔出去，他的笔都要往回收一下。写一撇，（做手势）笔是这样的。写一竖，（手势）笔是这样的。

裴盛戎　这样才有笔力，才结实、饱满，才足。唱戏，也得讲"笔力"，光是嗓子好，可筒儿倒，还是没有力量。就像发面馒头，不筋道，没有咬劲。劲儿，得在里边。（示范）"半——""恩——"。

〔裴盛戎觉得胸口发闷，抚摩了一阵。

苗志高　今儿就到这儿吧，老师不舒服。

裘盛戎　　　不要紧。

苗志高　　　您歇着吧，我走了。

裘盛戎　　　我不送啊。

　　　　　　〔苗志高下。

裘盛戎　　　这个小青年，人倒挺好，也用功，可就是——

朱盛斌　　　有人是会睡没有被；有人是有被不会睡。有人有嗓
　　　　　　子，不开窍；有人开了窍，没有亢，祖师爷不给饭。
　　　　　　他是既没被，也不会睡。盛戎，你的一番心血都倒
　　　　　　在大海里了，——没用。你的那一套太深了，他不懂。

裘盛戎　　　不深哪。这都是普普通通的话呀。

徐　岛　　　怎么不深，这是艺术辩证法。

裘盛戎　　　哦？这是"辩证法"？我会讲辩证法，哈哈……许
　　　　　　红樱叫我学一点辩证法，我还没学哪。

朱盛斌　　　"辩证法"，你就是变戏法，也不能把苗志高变成
　　　　　　了好角儿。苗志高，苗志高，志气很高，可就是不
　　　　　　是个苗子！

裘盛戎　　　哎呀，我一辈子教学生还没费过这么大的劲。这要
　　　　　　是戴传戎——，一点就透！

裘小戎　　　（哼哼）"一块番薯掰两半，
　　　　　　　　　　曾受深恩三十年……"

裘盛戎　　　小戎，你大声唱！

裘小戎　　　（唱）一块番薯掰两半，
　　　　　　　　　　曾受深恩三十年。
　　　　　　　　　　到如今，山下来了毒蛇胆，
　　　　　　　　　　杀人放火把父老摧残，
　　　　　　　　　　我稳坐高山不去管，

隔岸观火心怎安！……

裴盛戎　谁教给你的？

裴小戎　您哪！

裴盛戎　我多会儿教过你！

裴小戎　我听的您一天到晚"一块番薯掰两半"，老唱，把
　　　　我妈都唱烦了："这一块番薯掰不开了，掰起来没
　　　　完！"她一生气把一锅米饭都折了！

　　　　〔众笑。

裴盛戎　这孩子，嗓音很像我。

朱盛斌　盛戎，没准你的那点玩意儿要由他传下去。

裴盛戎　唉，等他长大了，就没有我了。他能不能成材，我
　　　　是看不到了。（收拾胡琴、鼓板）——唉，韵武，
　　　　你今儿是怎么啦，怎么半天不言语呀？你是不是有
　　　　什么心事呀？

张韵武　没有。

裴盛戎　有，你有心事。你瞒不过我，这么些年了，你瞒不
　　　　过我。

张韵武　真的没有。

裴盛戎　——头几天，我在陶然亭遛弯，出门时候，一辆面
　　　　包车开过去，里面有一个人，仿佛是传戎。我只看
　　　　见一个侧影，许是我眼岔了，不会是他吧。

张韵武　是传戎。他到北京来了！

裴盛戎　他到北京，也不来看看我！

张韵武　来过啦。他来了三次。在您门口转了一会，又回去啦。

裴盛戎　这孩子这是为什么！

朱盛斌　为什么？他有这个脸吗？哼！狼心狗肺的东西！

裘盛戎 他到北京干什么来啦？

张韵武 录像。

裘盛戎 录像？录什么像？

张韵武 《盗御马》。

裘盛戎 《盗——御——马》，这怎么可能呢！

张韵武 上边要看。

裘盛戎 《盗御马》，他这出戏，学得不怎么瓷实呀！我早就惦着把那趟"边"给他说说，一直没有机会。

朱盛斌 你还惦着给他说戏呀？你挨了一个大耳刮子，还不够，还想再挨两个脆的？嗨，你这人可真有意思，记打不记疼。我告诉你说戴传戎要是来了，打我这儿，就不答应，他来了，我拿条帚疙瘩把他轰出去！什么玩意儿！我听说过教会徒弟，饿死师父，还没听说过教会了徒弟打师父！他是人吗？往后，不许再提戴传戎这三字！

张韵武 他也来不了啦！

裘盛戎 怎么啦？

张韵武 录像也不能录啦。

裘盛戎 怎么啦？

张韵武 他病啦。

裘盛戎 什么病？

张韵武 中风不语，口眼歪斜。

裘盛戎 啊！这么年轻，怎么会得这个病？

朱盛斌 该！该！

裘盛戎 唱戏的，要是得了这个病，这辈子就算完啦！

朱盛斌 该！该！

〔裴盛戎翻箱倒柜。

徐　岛　　你找什么哪?

裴盛戎　　找安宫牛黄丸。

朱盛斌　　你又不舒服啦? 快帮着找找。

〔大家七手八脚地找。

〔侯长有上。

侯长有　　找什么哪?

朱盛斌　　安宫牛黄丸。

侯长有　　盛戎又犯病啦? 在我这儿哪! 我带在身上, 怕你一
　　　　　犯病, 要用。

裴盛戎　　快拿出来。

〔侯长有拿出一丸安宫牛黄。

〔徐岛给裴盛戎倒了一杯水。

裴盛戎　　还有几丸?

侯长有　　一共三丸。

裴盛戎　　都给我!

侯长有　　你一次也不能吃三丸哪!

裴盛戎　　不是我要吃。(对张韵武)给传戎送去。我的病是
　　　　　孔伯华看好了的。他说, 心经的病, 甭管多么严重,
　　　　　有两丸安宫牛黄, 即刻就能扳回来。快去快去!

张韵武　　(接丸药)嗳! (欲下)

朱盛斌
侯长有　　张韵武, 你给我回来!

张韵武　　……

朱盛斌　　(夺过药丸)这药不能给他!

侯长有　　真安宫牛黄不好找, 这几丸还是你大哥从同仁堂内

部买出来的。你自己还要用。这是你的救命的药，万一你突然犯病，那可措手不及！

裴小戎　不能给他，他打过您！

裴盛戎　他没有打过我。

朱盛斌　这人！

　　　　（唱）一巴掌打碎了师徒情份，

　　　　　　　纵不是仇人也是路人。

裴盛戎　（唱）他没有伸手打过我，

　　　　　　　打我的是另外一个人。

　　　　　　　你们都把它忘得干干净净，

　　　　　　　就当是没有发生过这件事情。

侯长有　（唱）他如今攀上高枝走红运，

　　　　　　　"上边"会给他请医生。

　　　　　　　你闭门不出家中忍，

　　　　　　　管的什么闲事情！

　　　　　　　安宫牛黄不好买。

裴盛戎　（唱）好买我就不操这份儿心。

侯长有　（唱）一朝犯病你要用。

裴盛戎　（唱）我如今还是好好的人。

徐　岛　（唱）你真是爱才如爱命。

江　流　（唱）裴盛戎是一个多情的人。

裴盛戎　（唱）非是我爱才如爱命，

　　　　　　　我愿看青松长成林。

　　　　　　　珍珠难得过半寸，

　　　　　　　翡翠难得彻底儿清。

　　　　　　　倘若是戴传戎不幸短命，

就好比花残、月缺、天下掉下一颗星，

挽不回，留不住，我的心疼！

朱盛斌　唉！（拭泪，把药交给张韵武）

裴盛戎　你跟他说，过去的事，不要再想啦。叫他好好养病。这病不要紧。等病好了，对《盗御马》有什么不明白的地方，只管来问。

张韵武　嗳！

裴盛戎　告诉他，不明白，只管来问。

张韵武　嗳！

裴盛戎　告诉他，我——想他！

张韵武　嗳！

裴盛戎　快去！

张韵武　嗳！！！……（下）

〔老季、许红樱上。

许红樱　现在，请老季同志宣布一项重要通知。

老　季　戴传戎临时生病，不能录像。首长等着要看。首长决定，叫裴盛戎同志自己录制《盗御马》。明天报到！

裴盛戎　叫我录《盗御马》？

许红樱　这是给你一个立功的机会。

徐　岛　盛戎的身体最近可不大好啊。

侯长有　能不能缓几天？

许红樱　不成，这是首长的指示，这是政治任务。

裴盛戎　我行！我行！明天我就去报到。

〔老王上。

老　王　裴老板，我还给您一样东西！

裴盛戎　一样东西？

〔老王打开纸包，是一付红扎。

老　王　　我怕您有一天许用得着。

裴盛戎　　太谢谢你啦！我这会儿就用得着！我要去录像。侯哥，咱们那件箭衣还在吗？

侯长有　　在。

裴盛戎　　好极了！侯哥，你不是这辈子再也不能傍我扮戏了吗？不想还有这一回呀？侯哥，你就把你全身的本事都施展出来吧！（对台下）同志们！我要去录《盗御马》了，欢迎你们去参观指导！（对老王）老哥哥！（唱）我纵然浑身热汗淌，

　　　　　　难报答天下的老张、老王。

　　　　　　蹑足潜踪把御营闯，

　　　　　　盗不回御马不回山岗！

〔亮相。

幕落

第五场 盗御马

〔前场后数日。

〔电视台舞台。

〔幕启：裴盛戎勾了脸，穿着水衣子、胖袄、彩裤、厚底。他的朋友，电影导演江流、话剧演员杨兮、新闻记者、运动员吴春国、掏粪工人老王都在台下看热闹。徐岛和电视导演在指挥。张韵武替裴盛戎走地位。鼓师用嘴念锣经。导演不住地叫"停"。一会儿把特灯对一对，一会儿叫把碘钨灯挪一挪，问一号机能不能够得到，嘱咐某处节奏要紧一些……

张韵武　　这录像真是个磨性子的活，没完！

裴盛戎　　等人、钓鱼、坐牛车，这是三大慢。还得加上一大
　　　　　慢：拍电影，录像。这是个磨人的事儿，急不得。
　　　　　韵武，你今儿替我走地位，真是辛苦了。

张韵武　　我只是这么说说，我顶得住。您干嘛不到后面歇着
　　　　　去？等都好了，我叫您去。

裴盛戎　　我不看看怎么行。再说，我也歇不住。

江　流　　盛戎今天很兴奋。

杨 兮　那是，重上舞台嘛。

吴国春　今天是决赛！

〔一切就绪，张韵武把"乔装改扮下山岗"至"盗不回御马不回山岗"完整地走了一遍。鼓师念锣经。

徐 岛　行了。盛戎你穿服装吧。

裘盛戎　好，在哪儿？

杨 兮　就在台上。

裘盛戎　台上？

江 流　这儿宽亮！

老 王　今天台下不少参观、瞧热闹的，他们愿意看您怎么穿服装。

裘盛戎　（问导演）成吗？

导 演　可以，这又不是公开演出。

裘盛戎　台上穿服装，我还是头一回！侯哥，来吧。

〔众人七手八脚搬来一面大镜子，一张桌子，软包。

〔裘盛戎穿服装。众围观。

朱盛斌　（已经化好了妆）裘盛戎，你顶得下来吗？

裘盛戎　没事！才这么几句！全本《连环套》，今天我也照样拿下来。

吴国春　裘老板，明儿咱们踢一场。

裘盛戎　踢足球？陪你！

张韵武　您还是悠着点。不行，就歇一会儿。

吴国春　叫停！

裘盛戎　没事！我今儿腰、腿都得劲儿，嗓子也痛快。

〔裘盛戎已经穿戴整齐，对镜自照，左右端详。

众　　吓！还是当年裘盛戎！

侯长有　　盛戏扮的窦尔敦，宽肩、小腰，箭衣板平，浑身透着利索。不只是一个绿林大盗，而是一个侠义的英雄。粗豪之中透着秀气。

杨　兮　　英俊！美！

裴盛戏　　（撩起大带，唱）

　　　　　　戴好了扎巾系大带，

　　　　　　不想我今日里又上舞台。

　　　　　　虽然是虎已老——

众　　　　不老！

裴盛戏　　（接唱）我的雄心在，

　　　　　　　　　长空留得雁声哀！

导　演　　来吧！正式走一遍，就试录了！

　　　　　　〔众走下舞台。裴盛戏走入后台。锣鼓响处，窦尔敦出台。

裴盛戏　　（唱）乔装改扮下山岗，

　　　　　　　　山洼以内扎营房。

　　　　　　　　蹑足潜踪把御营闯，

　　　　　　　　盗不回御马我不回山岗！

　　　　　　〔裴盛戏亮相，掌声如雷。

　　　　　　〔裴盛戏忽然不支。

　　　　　　〔众拥上前，扶之入后台。

侯长有　　赶快找两丸安宫牛黄，我知道，他这病一犯，有两丸安宫牛黄就有救。

老　季　　上边有规定，安宫牛黄，这得有级别，得经过批准，我做不了主呀！

众　　　　一个裴盛戏就值不了两丸安宫牛黄吗？

老　季	我们研究一下。
众	还研究什么，人都倒下啦！
老　季	那我打电话请示一下。
侯长有	盛戎！盛戎，你等等，扎挣一会儿，他们找安宫牛黄，他们请示去了……

　　幕落

第六场　告　别

〔前场后十数日。

〔裴家小客厅。

〔幕启：徐岛、侯长有、朱盛斌正在布置一小小灵堂。上挂裴盛戎的遗像，案上摆满了鲜花。有一只瓦香炉，一个青花瓷瓶。

〔裴小戎捧骨灰盒，安置案中。

〔侯长有、朱盛斌、徐岛向遗像三鞠躬。

〔裴小戎磕了三个头。

〔江流持鲜花一束上。

〔江流与徐岛等人点头致意。

〔江流将鲜花插入花瓶中。

江　流　　盛戎同志，你就这样离开我们了！

　　　　　（唱）昨日的故人已不在，

　　　　　　　　昨日的花，还在开。

　　　　　　　　盛戎啊，

　　　　　　　　这些年你受尽了摧残迫害，

満腔委曲，壮志蒿莱。

到如今遗像犹存旧丰采，

长空留得雁声哀。

问神州怎把沉冤载，

有多少，有多少才人未尽才！

裘小戎　江阿姨，谢谢您。

江　流　小戎，你妈好些了吗？

裘小戎　追悼会上昏倒了几次，打了针，躺下了。

江　流　那就不惊动她了。（把小戎揽在怀里）盛戎才五十多岁，正是大有作为的时候，真是太可惜啦。

徐　岛　戏曲界的一代人才，就这样过早地凋谢了，《广陵散》从此绝矣！

侯长有　要是早有两丸安宫牛黄，许还不至于。

朱盛斌　偏偏赶上戴传戎得了那样的病，唉！

江　流　盛戎临走，我也没赶上来见见他，他最后留下什么话没有？

侯长有　后来神志不清，说不了话啦，只能做做手势。昏迷之中，几次用手指指弟妹和小戎，意思我们明白：弟妹体弱多病，孩子年纪还轻，希望大家照顾他们。再就是老是伸着三个指头，这样（做伸三指头势）。

江　流　这是什么意思？

侯长有　这是说《杜鹃山》的第三场。他病得都不行了，枕头旁边还放一本《杜鹃山》，最惦着的是这第三场。临死的时候，手还是这样。

朱盛斌　临了还是忘不了戏呀！可就是不让他演呀！

江　流　这真是个了不起的艺术家！可惜没有给我们留下一

点东西。

〔张韵武上。

张韵武　　江流同志，传戎来啦！

朱盛斌　　谁？

张韵武　　戴传戎。

侯长有　　他来干嘛！

徐　岛　　他病好啦？出院啦？

江　流　　没有，盛戎的事，大伙一直瞒着他，今天我到医院
　　　　　去看他，告诉他了，他一定要来。师父生前，他没
　　　　　有见着一面，死后，也该让他见见遗像骨灰，是我
　　　　　让他来的。你们都是盛戎生前好友，应该征求一下
　　　　　你们的意见。

侯长有　　裘家门里没有这样的徒弟！

朱盛斌　　不欢迎！

裘小戎　　不许他进来！

江　流　　小戎，不要这样。你去问问你妈去。

〔裘小戎下，复上。

裘小戎　　妈说，让他进来。

〔张韵武下。

江　流　　传戎来的时候，希望不要使他难堪。

〔张韵武扶戴传戎上。戴传戎浑身素服，戴黑袖箍，
佩白花。

戴传戎　　（与众人招呼）侯大爷！

〔侯长有不理。

戴传戎　　（对朱盛斌）师大爷！

朱盛斌　　不敢当！

戴传戎　　（对徐岛）徐老师！

　　　　　　〔徐岛略略点头。

戴传戎　　（对裘小戎）小戎！

裘小戎　　呸！

　　　　　　〔戴传戎拈香，对遗像深深三鞠躬。

戴传戎　　师父啊！

　　　　　（唱）霎时间只觉得如临梦境，

　　　　　　　　往事历历太分明。

　　　　　　　　师父啊，

　　　　　　　　您头角峥嵘成名早，

　　　　　　　　晚年艺术更精纯。

　　　　　　　　博采众长成一派，

　　　　　　　　举手投足树典型。

　　　　　　　　正是秋光无限好，

　　　　　　　　夕阳犹未到黄昏。

　　　　　　　　头未白，发尚青，

　　　　　　　　志未酬，才未尽，

　　　　　　　　岂料积郁成重病，

　　　　　　　　好叫人遗恨千年怨不平！

　　　　　　　　师父啊，

　　　　　　　　您谈吐从容无俗论，

　　　　　　　　真知灼见一座惊。

　　　　　　　　一生爱才如爱命，

　　　　　　　　传徒授艺苦费心。

　　　　　　　　您在千百人中发现了我，

　　　　　　　　耳提面命更垂青。

谁知我丧心病狂迷本性，

利剪剪碎了您的心。

这几年，我说不尽的悔，说不尽的恨，

经常是梦中惊醒，中宵起坐到天明。

您纵然宽容大量原谅了我，

我更觉无地自容罪孽深。

多少次我想跪在您的面前来忏悔，

实在是无颜跨进裴家的门。

你生病在床住医院，

他们不告诉我您的病情。

今早方才闻凶信，

到来时，只看见骨灰一匣，

遗像长存。我好似万箭穿心，心悲痛，

痛不欲生，师父啊！

〔众人为戴传戒的感情所动，颜色渐和。

〔江流给戴传戒倒了一杯水。

戴传戒　（接唱）师父啊，

您千金到手都散尽，

一生谋艺不谋身。

到如今，一家生活谁照应？

师娘多病，师弟年轻。

师父请把双目暝，

有我们几个徒弟在，一定让

师娘宽心，师弟成人。

我们一定精心培养小戎师弟，

就像您当初那样培养我们。

一定叫裘派艺术传千古，

雏凤清于老凤声，告慰您在天之灵！

泪珠儿有尽言无尽，

千言万语也诉不尽我的百种情怀一片心。

回头我把小戎叫，

请转告师娘：保重身体为来春！

江　流	传戎，你也不要过于悲痛。你的病还没有好，你该回医院吧。
侯长有	传戎，你刚才的话，我们都听得清清楚楚。你有这一片心，我们也很受感动。
朱盛斌	日后如何，那就看你自己了。
徐　岛	该忘记的，就让它忘记吧。
江　流	该记住的，应该永远记住。
戴传戎	当着师大爷、侯大爷、徐老师、江同志，我在师父像前发誓：若有虚情假意，天地不容。（对遗像双膝跪倒）
侯长有	小戎，快叫师哥！
裘小戎	师哥！

〔戴传戎戴起帽子。

裘小戎	师哥，你等等，我妈说有一件东西要交给你。说是我爸留给你的。（入内）
朱盛斌	一件东西？
侯长有	一件什么东西呢?

〔裘小戎上，手捧一摞录音胶带，提一架录音机上。

裘小戎	我爸病重之后，当中有两天忽然好了一些，他要求回家住两天。他这两天谁也不见。一个人关起门来，

　　　　　　　　小声地对着录音机话筒讲，录了这几盘胶带。谁也
　　　　　　　　不让听，他说一定要等到那一天，交给传戎师哥。

戴传戎　　交给我？

江　流　　咱们听听！

戴传戎　　好。

　　　　　　　　〔戴传戎打开录音机。

　　　　　　　　〔舞台灯光渐暗。

　　　　　　　　〔追光照着裴盛戎。

裴盛戎　　我的日子不多了。

　　　　　　　　这两天，我的精神好了一些，我的家人很高兴。

　　　　　　　　我自己知道，我的病已经是不治了。

　　　　　　　　我只有几天了。

　　　　　　　　我要抓紧非常有限的时间，做一点事。

　　　　　　　　我要跟我所爱的人讲几句话。

　　　　　　　　亲爱的观众同志们，你们写给我的信，我都看到了。

　　　　　　　　你们对我的热情，使我流了很多眼泪。我谢谢你们，
　　　　　　　　想你们。我不能写信，就让我在我的生命的最后的
　　　　　　　　时刻，给你们做一个最后的答复吧。你们让我演戏，
　　　　　　　　我也多想给你们演演哪。可是这个愿望达不到了。

　　　　　　　　我就要死了。

　　　　　　　　我才五十四岁，按说我还能再给你们唱十年。

　　　　　　　　可是，我要死了。

　　　　　　　　我是怎么死的？

　　　　　　　　我是闷死的,憋的,是因为他们不让我唱戏,憋死的。

　　　　　　　　不是一天两天，一个月两个月，是整整五年呀。

　　　　　　　　我是一个演员哪！一个演员，不让他演戏，怎么活

得下去呢？

我要死了，但是我不能把我身上这点东西全都带走。这不是我一个人的，是多少位老先生的，我只是把它集中在一起。

亲爱的观众同志们，你们再也看不到我了，但是我还有几个徒弟，还有戴传戒，也许还有我的孩子。我把我的几出戏，小声地录下来了。戴传戒他们，听了录音，会体会我的意思，把我的几出戏照样演给你们看，他们会比我演得更好。

传戒，你听见我的话了吗？你能做到吗？

你一定能做到。

人是要死的，但是艺术是不死的。艺术是永生，一个国家不能没有艺术。一个人，不能不懂艺术。没有艺术的国家是一片荒地；不懂艺术的人，是野人。为什么有人要把我们的国家变成荒地，把我们的人民变成野人呢？

他们是办不到的。

艺术万岁！

我应该再见见你们，见见我的妻子儿女，见见我的徒弟，见见我的观众呀！但是，我要走了。

再见，我的至亲骨肉！

再见，我的生前好友！

再见，传戒！

再见，亲爱的观众！

〔裴盛戎挥手告别。

幕徐落

第七场　姚　期

〔一九七七年，粉碎"四人帮"以后。

〔某大剧场台上。

〔幕启：张韵武扮姚刚，许红樱扮郭妃，朱盛斌扮大太监，……来往穿梭，紧张热烈，琴师试调门，打大锣的听锣音，鼓师试鼓。徐岛、戴传戎对灯光、试音响，忙得不亦乐乎。

戴传戎　徐大导，齐了吗？

徐　岛　齐了。

戴传戎　台上集合！

〔全体演员、文武场面，舞台工作人员齐集台上。

徐　岛　大家随便坐。戴传戎同志，在开演之前，跟大家讲几句话。

戴传戎　叔叔大爷们！我没有几句话。今天，是小戎串排《姚期》，这是他头一次演这么大的戏。他，有条件，有天分，可是还缺少舞台经验，缺少火候。诸位叔叔大爷，都是他父亲多年合作的老伙伴，这个戏的卡疤唷节儿，叔叔大爷，都是摸得熟透了的。希望你们，全都保着他，托着他。叫他能发出他爸爸当年的一分、两分的光采！

鼓　师　我保证每一箭子都叫他舒服，痛快。

琴　师　我保证保腔、托腔严丝合缝，玉润珠圆。

朱盛斌　当初我傍着盛戒要是使上九分九的力气，今天，我使上一百一！戴传戒，孩子，你就瞧好吧！

众　冲着传戒，我们一定陪小戒把这场演好。

戴传戒　我代表我师父盛戒同志，谢谢大家！

（深深一鞠躬）

〔台下人声杂乱。

戴传戒　（发现台下来了很多观众，对徐岛）怎么来那么多观众啊？今天是化妆连排，叫小戒在台上走一走，不招待观众啊！

徐　岛　不知是谁走漏了风声！

戴传戒　怎办呢？

徐　岛　跟他们讲讲吧。

戴传戒　（至台口）同志们！打倒"四人帮"，京剧得解放，大家想看看重新得到解放后的京剧，这种心情，是可以理解的。不过，今天不是演出，也不是彩排，本来是不招待观众的……

声　我们想看看裴盛戒的儿子！

声　我们怀念裴盛戒。

戴传戒　谢谢大家的这种感情，不过，今天是化妆连排，随时是会断的。

声　不要紧！

声　哪怕让我们听一句，我们就满足啦！

戴传戎	既然这样，就请你们多多指教。大家都是盛戎老师的知音，都是裴迷，请你们提出宝贵意见！
众	没错儿！这是我们的心愿，也是我们的责任！
戴传戎	（向后）开吧！（下）
	〔以下由裴小戎演出《姚期》一场，由"闻报"至"梆子"。
裴小戎	（唱）……
	也免得万岁爷来锁拿！
	〔台下掌声如雷，经久不息。
	〔台上大家拥向裴小戎，把他抱了起来，掏粪工人等跃上舞台。
徐 岛	"广陵散"没有绝呀！
戴传戎	师父！您的艺术有了传人啦！
侯长有	盛戎！你没有死！你没有死呀！
	〔众人热泪盈眶。
	〔台上台下掌声连成一片，有如大海波涛。

幕落·全剧终

图书在版编目（CIP）数据

去年属马 / 汪曾祺著. —上海：上海三联书店，2016.8
ISBN 978-7-5426-5518-9

Ⅰ.①去… Ⅱ.①汪… Ⅲ.①小说–中国–当代②散文集–中国–当代
Ⅳ.①I217.2

中国版本图书馆CIP数据核字（2016）第042437号

去年属马

著　者 /	汪曾祺
责任编辑 /	陈启甸　朱静蔚
特约编辑 /	周青丰　李志卿
装帧设计 /	乔　东
监　制 /	李　敏
责任校对 /	李志卿　郭利萍
出版发行 /	上海三联书店
	（201199）中国上海市闵行区都市路4855号2座10楼
网　址 /	www.sjpc1932.com
印　刷 /	山东临沂新华印刷物流集团有限责任公司
版　次 /	2016年8月第1版
印　次 /	2016年8月第1次印刷
开　本 /	889×1194　1/32
字　数 /	150 千字
印　张 /	8
书　号 /	ISBN 978-7-5426-5518-9/I · 1116
定　价 /	48.00元

敬启读者，如发现本书有印装质量问题，请与印刷厂联系0539-2925680。